新 潮 文 庫

龍ノ国幻想4

# 炎《も》ゆ花の楔《くさび》

三川みり著



新 潮 社 版

*11703*

# 目次

# 龍ノ国幻想

## 主な登場人物紹介

——龍が眠る央《ひさし》大地。その上にある国、龍《たつ》ノ原《はら》では、女は龍の声を聞く能力を持つ。
生まれながらにその力を持たない「遊子《ゆうし》」は命を奪われるのが定め。
理不尽な国の掟を変えるため、日織は女の身であることを明かし、
龍に認められたのだが——

### 日《ひ》織《おり》 二十七歳

命を懸けて手にした皇尊《すめらみこと》の座。
しかし、世継ぎを望む声が高まる。
添い遂げるのは悠花しかいないと
決意を新たにするのだが。

伴《ともの》有《あり》間《ま》 二十八歳

八洲の一つ、反封洲《たんのほうしゅう》国主の長子。
皇尊より賜った書札を携え、
国主を目指し戦う。

悠《はる》花《はな》 十九歳

美しく包容力ある、日織の妻。
しかし、抱える「秘密」ゆえに、
新たなる決断を下す。

小《こ》勢《せの》乙《おと》名《な》 三十二歳

左《さ》の大臣《おとど》をつとめるが、かつて
不《ふ》津王《つのおおきみ》に随伴した経験をもつ。
真意が掴めない存在。

空《うつ》露《つゆ》 三十六歳

日織の亡き姉と懇意であり、
幼い頃から支える教育係。
現在は側近として仕える。

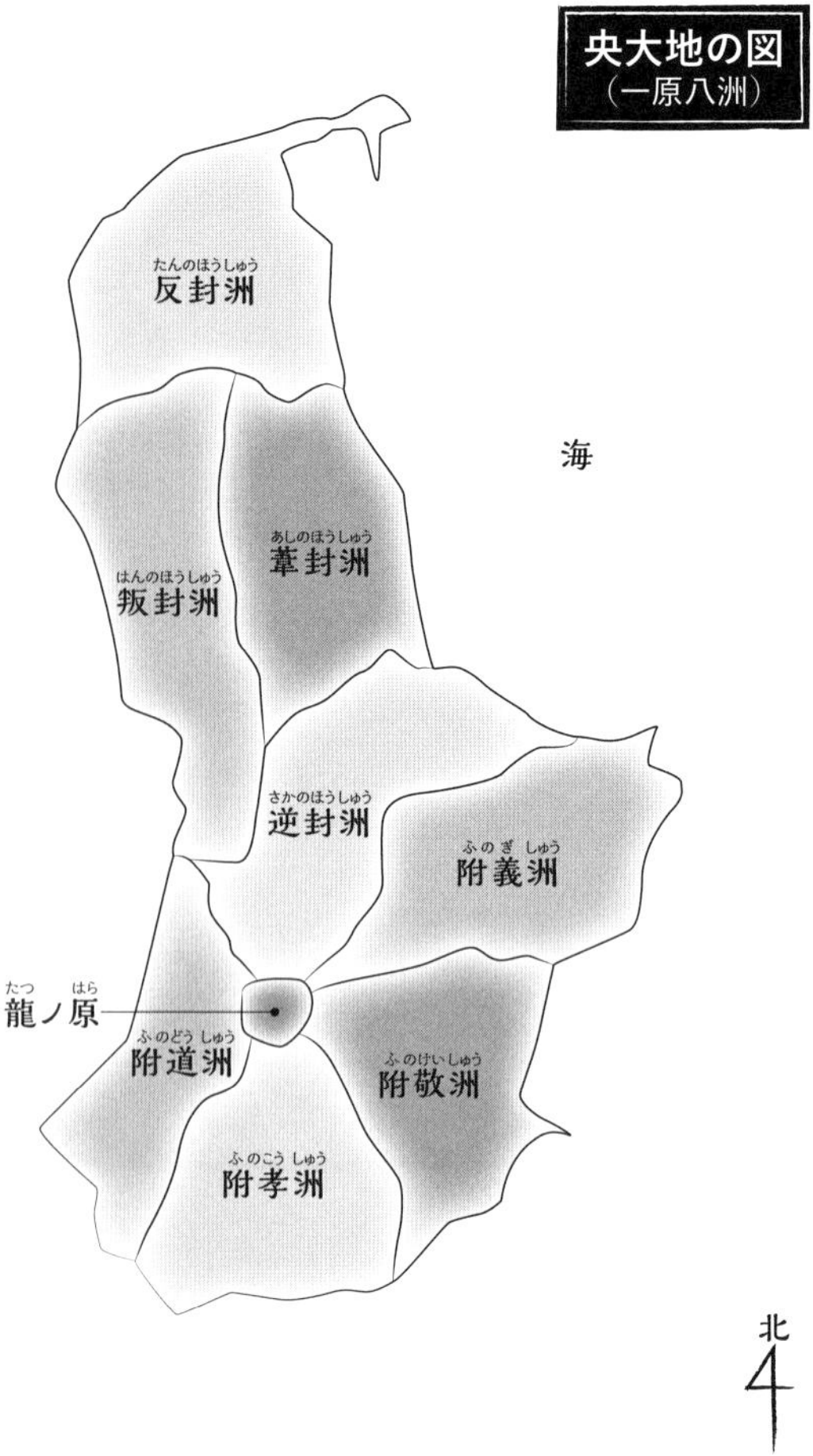
央大地の図
（一原八洲）
反封洲《たんのほうしゅう》
海
叛封洲《はんのほうしゅう》
葦封洲《あしのほうしゅう》
逆封洲《さかのほうしゅう》
附義洲《ふのぎしゅう》
龍《たつ》ノ原《はら》
附道洲《ふのどうしゅう》
附敬洲《ふのけいしゅう》
附孝洲《ふのこうしゅう》
北

# 龍ノ原図

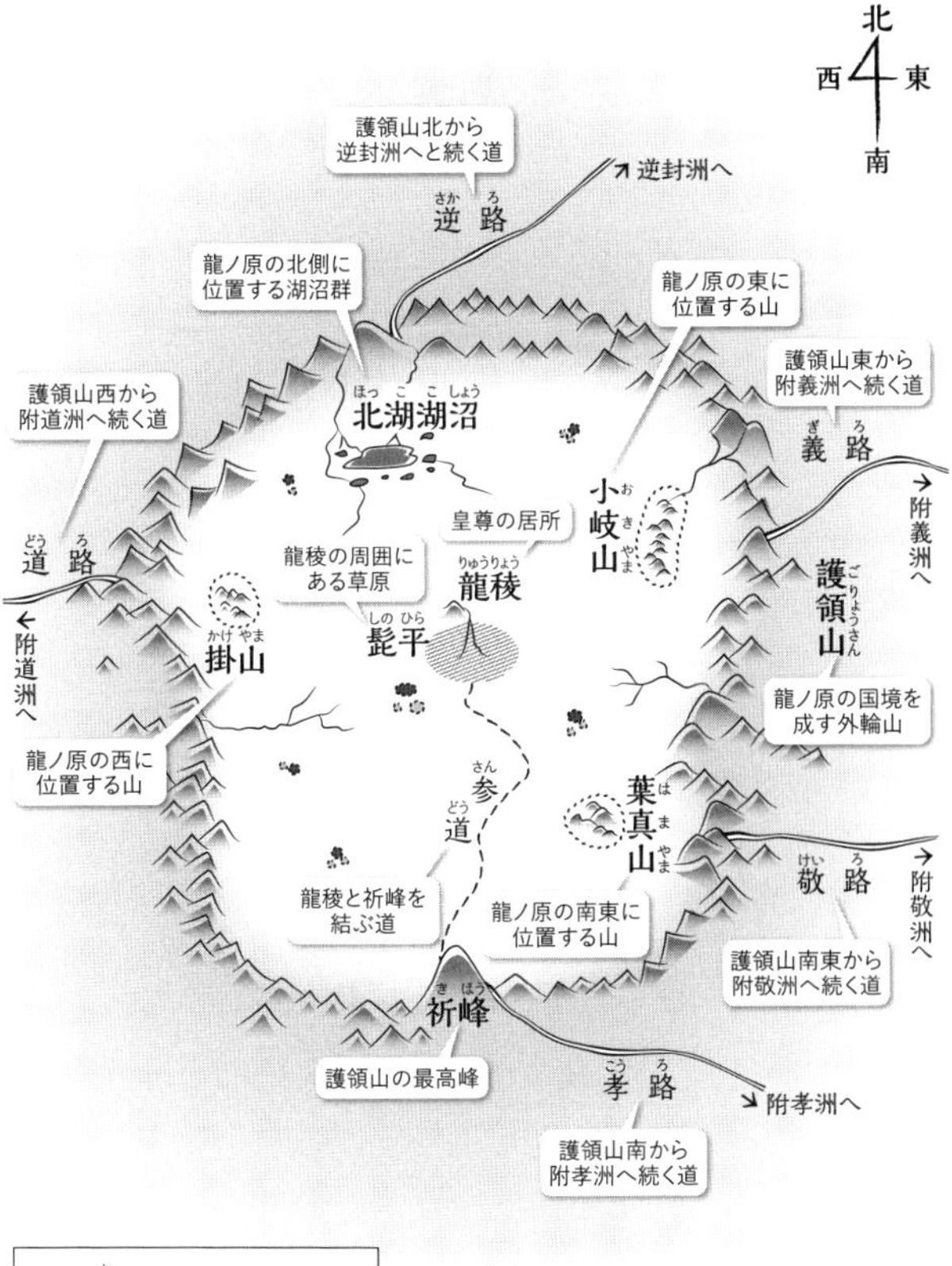


| | | |
|---|---|---|
| (記号) | 里《り》 | おおよそ10戸の集落 |
| (記号) | 郷《ごう》 | おおよそ500戸の集落 |

※里や郷は龍ノ原中に点在している。

地図制作：アトリエ・プラン

央大地《ひさしだいち》をその身に乗せて眠る、地大神《ちのおおかみ》たる巨龍《きょりゅう》――地龍《ちりゅう》。

万能の神たる巨龍はかつてつがいであったが、一方の巨龍が死に、残された一方が哀《かな》しみに荒れ狂い、巨龍の棲《す》む大海はただ恐ろしいばかりとなった。

荒れ狂う神となった巨龍に出会い、眠らせて哀しみを忘れさせると約束したのが、皇祖《すめみおや》、治央尊《おさのひさしのみこと》である。その身をもって巨龍を眠らせた治央尊の皇孫《すめみま》たる皇尊《すめらみこと》が今も龍《たつ》ノ原《はら》に在《いま》し、万能の神たる巨龍を眠らせ続けるのだ。


その神話を語る者も聞く者も、不可解に思うことがある。


なぜつがいの巨龍は死んだのか。万能であれば、死など易々《やすやす》と超越できるだろうに、と。そして残された巨龍は、なぜ哀しみ荒れ狂い続けたのか。万能であれば、哀しみなど楽々と消せるだろうに、と。

真実、巨龍が万能であるならば、それは――互いが望んだからなのだ。

かたわれの巨龍は死して消えることを望み、そしてもう一方のかたわれの巨龍は、哀しみが自らの中にあり続けるのを望んだのだ。

# 龍ノ国幻想 4

# 炎ゆ花の楔《もゆはなのくさび》

# 序章

彼は、その人を前に困惑していた。

目の前にいる人は黒の衣と袴《はかま》を身につけ、護領衆《ごりょうしゅう》と名乗ったが、どうもそのような気がしない。護領衆であれば髪は結わず、肩あたりで切りそろえるものだが、長い髪を一つに緩くまとめて背に流しているのに違和感がある。

そしてなにより、美しすぎるのだ。

きめの細かな白い肌に、睫《まつげ》に縁取られた形良い目と、上品に微笑《ほほえ》む口元。見つめていると意識が吸い寄せられ、ぼうっとしてしまう。これほどの美形が護領衆にいれば噂《うわさ》になって良いはずだったが、耳にしたことがない。もともと下世話な噂話には疎《うと》い方なのだが、友人に噂好きの者がいる。その友人は彼がまったく望んでいないのに、あれこれと噂話を聞かせてくれるのだが――、一度たりとも、美しい護領衆の話など口にしたことがない。

「あなたが、文をくださったのですか。わたしに会いたいと」

護領衆を名乗るその人に、戸惑いながらも彼は問う。

数日前突然、彼との対面を望む文が届けられた。邸《やしき》に文を届けたのは近くの里《り》に住む少年で、品の良いお婆《ばあ》さんに頼まれたと言っていた。差出人は従氏《じゅうし》とのみあった。従氏とは護領衆の役職名だ。その文には、故《ゆえ》あって名は明かせないが、さる方の依頼でお目にかかりたいと書かれていた。

目の前の、従氏と自らを称する相手は、綺麗《きれい》に微笑む。

「はい」

「美しい手跡でした。感服しました」

「恐れ入ります」

問いにさらりと答えたが、その人はこちらを見つめるばかりで、いつまで経《た》っても用件を切り出そうとしない。

送られてきた文の手跡は美しかったのだが、この人の姿と同じく、どこか違和感があった。自然な筆の動きを抑え、意図して格式張った文字を書いたかのようだった。

（しかもこの佇《たたず》まいは……まことに従氏だろうか？）

職階として従氏は護領衆の末席で、若年の者が多い。目の前にいる人は二十歳そこそこの若者なので、その点で不審はないのだが、いくら修練を積む護領衆とはいえ落ち着きすぎているような気もした。さらに挙措が目を引くほどに美しい。立ち姿、歩き方、礼をとる動作、全《すべ》ての動きがよどみなく流れるようだ。意識してできるものではなく、これは幼い頃からしつけられて身についたものだろうと思われる、優雅さ。

数歩の距離を空け、藁蓋《わろうだ》に座って向き合ったまま暫《しばら》く沈黙が続く。開いた枢戸《くるるど》から風が吹き込むと、二人の傍らに立てられた几帳《きちょう》の絹がさらさらと床を撫《な》でる。風はぬるい。

庭にある楠《くす》の大木に群れている蟬《せみ》の声が、うるさいほどだった。邸の主《あるじ》たる彼はそれが嫌いではなく、追い散らすことも、楠を伐《き》ることも考えていないのだが、これに慣れない来客はたまったものではないかもしれないと、そんなことが気になった。

「蟬がうるさくて、申し訳ない」

言うと、相手は小さく笑う。

「蟬に代わって謝罪されますか」

「蟬も吾《わ》が邸に住むものですから、身内のようなものです。それで、わたしに会いたいというご用件はなんでしょうか。祈社《きしゃ》からなにか、沙汰《さた》でも」

「いいえ。あなたに会うことそのものが、用件です」

「はぁ、会うことが。ということは、これで用件がお済みなので？」

にこやかに相手が「はい」と応じるので、ますます不可解ばかりが大きくなる。もしやこの護領衆は、何か勘違いをしているのではないかと疑念が浮かぶ。

「皇尊《すめらみこと》の一族の中でも、わたしが末席なのはご存じですか？　祖は渡利皇子《わたりのみこ》で、そこから数えて五代目。わたし以降は皇尊一族を離れ、地大神《ちのおおかみ》の信徒となる末席です」

「だとしても、あなたは皇尊の一族であらせられる。しかも宮内官《くないのかん》を務められている」

「わたしと同じように末席で、左宮右宮《さのみやうのみや》に務める者は、幾人もおりますが」

するとその人は面白がるように目を細める。

「あなたは二年ほど前に、悠花皇女《はるはなのひめみこ》に求婚されましたね」

「よくご存じで。しかしあれは、形式的なものですから」

「形式？」

「あのときは父が存命で、わたし以降が皇尊一族から離れるのを哀《かな》しんでおりました。父は、わたしが一族の上席の媛《ひめ》を妻とすれば一族から離れずにすむと考え、そのようにせよとわたしに命じたのです。病身の父の気が済むならと求婚しましたが、それはただ父を慰めたいがために形式的なことをしただけです」

「それは悠花皇女に失礼ではありませんか」

責められて当然だと、彼は苦笑する。

「はい。無礼をいたしました。ですから皇女にお目にかかる前に、先代皇尊にお目通りを願い、事情を申しあげて謝罪しております」

「莫《ば》迦正直《かしょうじき》にも、そのような。あわよくば悠花皇女を妻にできるとは考えなかったのですか」

先代皇尊にもそう言われたことを、彼は思い出した。あのとき尊い御方はとても嬉《うれ》しそうに笑ってくれていた。先代皇尊の穏やかな人柄が、彼には好ましかった。

「お目にかかったこともない方を、妻にするつもりはありません。妻とするならば、老いるまでともに歩みたいと思える方を妻にしたい。上席の方はそのようなわがままは叶《かな》いますまいが、わたしのような末席の者は許されると思っています。このように取るに足りない者に、なんのためにあなたは、会わなければならなかったのでしょうか」

「ある人に頼まれたのです。あなたにお目にかかれと」

ますます当惑して、彼は首を傾《かし》げる。

「それは、どなたでしょう？」

「いずれわかります、夏井王《なついのおおきみ》」

彼の名を呼ぶと、美しい護領衆は笑みを深くした。

# 一章　断罪

## 一

枢戸《くるるど》から簀子《すのこ》縁《えん》へと出た瞬間だった。はっと、日織《ひおり》は空を仰ぐ。

「どうしたの、日織」

開いた枢戸に垂らされた簾《すだれ》。その内側にいた悠花《はるはな》が、簾越しに日織の視線を追い、龍《りゅう》稜《りょう》の上の薄い雲とその流れる方角を見る。

「いや、今……。気のせいだろうか、鼻先に血なまぐささを感じたのだ」

空から日織にむかって落ちてきた、ひやりとする一筋の風。それに混じる何か。

悠花が眉《まゆ》をひそめたのが、簾越しにわかった。

「血なまぐささは、不吉の予兆や邪気がある場所に漂うというけれどね。皇尊《すめらみこと》の住まいたる龍稜で、そんなことはあり得ない。ここには白杉《しらすぎ》の香りが満ちているし、凶事があれば払邪香《ふつじゃこう》が焚《た》かれ、角打《つのうち》がされる場所。邪悪なものなど入り込めないから」

「そうだな」

と、気にしていないかのように答えたが——胸騒ぎがしていた。悠花や親しい誰かに、良くないことが起こるのではないかと。しかしすぐに、そんなことを思った自分を軽く笑うと首を振る。

「おかしなことを思ってしまった。気のせいだ」

龍《りゅう》の声すら聞こえない日織には、そんな特別な力はない。

「夫のことを責められて、あなたは過敏になっているのかも知れないね。しかも」

気遣わしそうに口にした悠花は、少し間を置いて続けた。

「しかも不津王《ふつのおおきみ》のことがある」

不津王が立つ——。

逆封洲《さかのほうしゅう》からの使者、遠音《とおね》から知らされたその危機。

日織と同様に悠花も、不津が他国でくすぶって終わるはずはないと、覚悟していたらしい。日織から知らされても驚いた様子はなく、「やはりね」と静かに応じ、沈黙したのだ。

沈黙の重さでわかったのは、悠花もよく理解しているということだ。他国の力を借りる不津に立ち向かう、困難の大きさを。

「あなたには問題が多すぎる。不津と対峙《たいじ》する前に、まずは自分の足場固めをしなくてはならないね。重臣たちに急《せ》かされている夫のことは、今日の大殿出御《だいでんしゅつぎょ》で必ず問われる。答えは出たのか、とね。問われたときの返事は用意しておいでなの？」

髪に飾る銀《しろがね》の釵子《さいし》に手をやりながら、悠花が問う。

日織の初の大殿出御から、二十八日目――今日が、二度目の大殿出御の日だ。前回、小《こ》勢乙名《せのおとな》に夫をもてと責められ、日織はなるべく早く結論を出すと応じていた。おそらく今日、重臣たちは日織の返答を求めてくるだろう。

苦い顔で日織は答える。

「仰《おっしゃ》る通りだよ、吾《わ》が妻。ただあなたの問題はすぐに決断できないから、今日のところは、返事はしないつもりだ」

「夫のことは簡単な気もするけれど。皇尊として最も正しい決断は一つでしょう。おわかりじゃない？」

妻である悠花を側《そば》に置くことをやめ、一族の男を夫として迎えるのが皇尊として最も正しい決断だと知っている。だがそれは、日織と悠花の繋《つな》がりを断つということ。それをこともなげに口にした悠花に、日織は微《かす》かに不満を覚えた。

「軽口にでも、そんなことは言って欲しくない」

悠花は、それをいなすように微笑した。

「わかっていても、できないことはあるんだ、悠花。決断できないのだから返事はしない。それよりも、まずは不津のことを重臣たちに知らせる必要がある」

自らの立場を盤石にし、政《まつりごと》を円滑に進めるには、夫の問題は重要だ。しかし不津が立つつもりであることの方が、日織にとっては身に迫る恐ろしさであり、焦《あせ》りも大きかった。

鳥手《とりて》たちを走らせて調べさせたが、不津が立つという噂《うわさ》以上のものは未《いま》だ得られていない。具体的な確証はない。しかし噂は附孝洲《ふのこうしゅう》は無論、龍《たつ》ノ原《はら》を取り囲む五洲のいずれでも広がっている。広がるだけの何かが確実にあるのだ。

歩廊に目を向けると、空露《うつつゆ》がこちらに向かってくる姿があった。階《きざはし》を昇って簀子縁にあがってきた。

「日織、そろそろお出ましを。大殿出御に遅れたのでは、淡海皇子《おうみのみこ》や大祇《おおぎ》が、最初から不機嫌な顔になります」

小言めいた催促に、「わかった」と頷《うなず》くと、悠花を簾越しにふり返った。

「では、行ってくる」

簾に手を触れると、悠花も簾に手を添え、簾越しに微かな温《ぬく》みを交わし合ってその場を離れた。そうして触れあえば、彼の情愛を知れる気がするのだが。

(悠花は時々、あんなことを言う)

日織の立場と心、悠花の立場と心を護《まも》りながら、二人が離れずにいられる方法は――ない。立場を護れば心が失われるし、心を護れば立場が失われる。手詰まりで、どうしていいかわからず、日織は立ち止まっている。

悠花も同じだろうと思っていたが、彼は時々、それでは仕方ないねと言わんばかりに正しい決断などと口にするのだ。

それを聞くと寂しい。

悠花は日織ほどに、二人でいられることを望んではいないのか。これほど慕わしいのは、自分の方だけなのかと。

空露の背を見ながら、崖《がけ》にせり出す懸造《かけづく》りの回廊を進むと、時々涼しい風が吹いた。護領山《ごりょうさん》で生まれた風が髭平《しのひら》を筋状に渡り青々とした細い草をなびかせてから、龍稜の岩肌を駆けあがってくる。下から吹く風は、明るく熱い粒になって降り注ぐ日の光を散らし、一瞬の涼を運ぶ。

護領山で生まれる風は、白杉の香りを含んで涼しい。対して、平地で生まれる風は日の光で暖められながらゆるゆると大きく熱くなっていくので、龍稜に届くころには熱い塊になる。どちらも夏に吹く風だが、護領山から吹く風にあえば、護領風と言って民は嬉《うれ》しがる。汗だくで働く民にとってはご褒美《ほうび》なのだ。

欄干越しに見渡せる龍ノ原の夏は、緑が濃く、明るい。

「皇尊」

回廊の崖側に、片目を布で覆《おお》った目つきの鋭い男、馬木《まぎ》が膝《ひざ》をついていた。鳥手の長《おさ》は気配がない。声をかけられるまで、彼がそこにやってきたのに気づかなかった。

「文が届いております。昨日の夜、龍ノ原に到着した逆封洲の商人、東二《とうに》という者から託されました。文の表に宛名《あてな》も差出人もありません。しかし東二が言うには、差出人は反封洲国主《たんのほうしゅうこくしゅ》長子、伴有間《とものありま》様と」

「有間か！」

返事だ。届くか否《いな》かと危ぶんでいたが、日織の文は有間に届いたのだ。遠く隔たった者と繋がっている、目に見えない糸を見つけたような気がして顔がほころぶ。

渡された文を広げると、ざらりとした手触りの分厚い料紙からは、煤《すす》の香りがした。

「有間殿はなんと」

空露も気になるらしく、訊《き》いてきた。

「奥瀬《おくせ》柵《さく》という、彼の居城で過ごしているそうだ。与理売《よりめ》もそこにいて、玩具《おもちゃ》の弓を手に走り回っているらしい」

「弓ですか、かりにも王《おおきみ》の媛《ひめ》が」

眉をひそめる空露を、堅物めと内心思いながら、日織は笑顔を返す。

「良いではないか。楽しそうだ」

今はまだ静かだが、近いうちに戦になると文には書かれている。そのとき与理売は安全な場所に移動させ護らせるので、心配はするな。この戦は有間が生き残り、国主の座を得るために避けて通れないが、勝つつもりでいるとしたためられていた。信頼できる者たちが側にいてくれるので、その者たちの力を借りて勝つと。

文字を追ううちに料紙を開いた時の喜びが薄れ、心配と不安が強くなっていた。

（戦をするのか……有間）

戦というものを日織は知らない。龍ノ原の重臣たちも龍の信徒である民たちも、話に聞くだけのもので、体験したことも見たこともないものだ。

神国たる龍ノ原に攻め入ろうとする畏《おそ》れしらずは、神話の時代からいない。

——神性を踏みにじる国主が現れないとも限らない。

不津は以前、日織にそう言った。

そのときは八洲《はっしゅう》の者がそれを望むなら、この世はそれまでだと日織は答えた。理不尽で埋め尽くされたこの世など、壊れても惜しくなかったからだ。

しかしたった一つだが、日織は理不尽を正すことができた。この世には希望があると龍に教えられた。

希望のある世を放り出せない。放り出せないのであれば、護らなければならない。

そのために日織は、戦わなければならないのかもしれない。

有間のように太刀を持ち矢を射る戦とは限らないが、ぼんやりと御位《みくらい》にあるだけでは、日織の望む龍ノ原は護れない。

　現実に不津が立つという話が、日織の耳に入っているのだ。

　護りたいと思いながら、何をどうすれば良いのかわからない。そう愚痴めいたことを有間に宛てた文には綴《つづ》ったが、それに対しての彼からの答えが、手にした文にはあった。

　あなたには信頼できる配下が少ないようだと、有間は書いている。

　正直な言葉に、苦笑した。

日織は人を欺《あざむ》き続けて御位を手に入れたのだから、信頼する者が少なくて当然だった。

（考えてみればわたしは、政については孤立無援だ）

信頼できる者がいかに多く自分の側にいてくれるかで、望みがどこまで叶《かな》うか、どこまで生き残れるかが決まる。あなたは信頼できる者を増やせと、有間は助言していた。焦ることはなく、信頼できる者を少しずつ増やしていけば良い。焦ってうかつに人を信頼すれば、それが命とりになるので慎重にせよ。そして信頼できる者を見極めて、信頼せよ。

　淡々とした文面が続いていたが、次に、はっとするほど言葉が強い調子に変わった。

　しかと心せよ――と。

信頼するということは、それは己の責任だ。信頼した相手が変節しても、相手を責められない。相手の心を読み違えた自分の責任だ。

人を信じるのは、それほど恐ろしいことだと。

読み終えると、感謝の思いが強くなった。

（遠い地にあれど、信頼できる人がここにいる）

文を丁寧にたたみ、懐《ふところ》にしまう。

「有間様は御健勝のご様子ですね」

日織が文を読み終えたのを見はからい、馬木が確かめるように言う。彼は二度目の宣《せん》儀《ぎ》の前に、有間とともに護領山で働いた。世話になった有間のことが、気になるのだろう。

「ああ、戦が迫ってはいるらしいが」

「それは……」

険しい顔をした馬木だったが、すぐに己に言い聞かせるように頷く。

「あのお方ならば勝つでしょう。必ず」

「そうだな」

と、応じて、日織はしみじみと料紙の粗い手触りを確かめる。

「わたしの文を、よく有間に届けてくれた。そのうえこうして有間からの文も」

「鳥手の功ではございません。逆封洲の商人で、東二という者のおかげです。その者は有間様と面識があるらしく、皇尊の文も直接手渡されたそうです」

「まことか？　では、その東二という者は有間と会っているのか。話を聞いてみたいものだな、東二から直接」

嬉しさもあり、そう口にすると、馬木が困ったように眉尻《まゆじり》をさげた。

「それが。無茶なことを言って龍ノ原に居座る様子なのです、その東二なる者」

「無茶なこととは？」

「皇尊にお目にかかりたいと、申しております。皇尊の文のやりとりを担《にな》ったのだから、礼としてお目見えをしたいと。皇尊は軽々に人と会うお方ではないと引き取らせようとしましたが、お目にかかれるまで帰らぬと。髭平の南にある里《り》に逗留《とうりゅう》する段取りまでつけたらしく」

　龍ノ原と反封洲の距離を思えば、文の受け渡しには大変な労力が必要だ。それを果たした東二の功は大きいが、龍ノ原の民でもない、得体の知れぬ商人を皇尊に会わせられはしないと、馬木が考えるのも当然だった。

　にもかかわらず、日織が東二の話を聞きたいと口にしたので困惑したのだろう。

「悪いな、馬木。以前にも言ったように、わたしはお行儀の良い皇尊ではないからな。東二と会ってみたい。その者が龍ノ原にいるなら幸い、会おう。ただ龍稜にいれることはできぬだろうから、祈社《きしゃ》か、もしくは左宮《さのみや》の客殿で会えるように手配をしてくれ」

「得体の知れぬ他国の者とお会いになるのですか、日織」

空露は心配そうだ。日織は胸に納めた有間の文を、衣の上から押さえた。

「東二の功に報いるのは当然。しかも会うだけのことだ。何の不都合がある」

「歴代、最も軽々しい皇尊と呼ばれますよ」

不満らしい声に、笑って返した。

「違いない」

空露は聞こえよがしのため息をつくが、本気で怒っているのではないとわかる。やれやれ、またかと呆《あき》れているだけだ。

「しかも逆封洲と反封洲を行き来する商人であれば、八洲の事情にも通じているはずだ。いろいろ聞き出せることはある」

「それは、確かに」

日織の言葉に空露が険しい顔で頷いたのは、不津のことを考えたためだろう。

「わたしも重臣たちも龍ノ原を出たことがないから、八洲の事情には疎《うと》い」

馬木が、不思議そうな顔をした。

「小勢乙名様は、他国に住まわれたことがありますが」

「なに？」

驚きふり返ると、馬木は意外そうに言う。

「ご存じではありませんでしたか。十二、三年前、不津王が附孝洲の国主に招かれて数年滞在されたことがありましたが、そのときに同行されています。学ばれた師が同じだとかで、親しくされていたと聞いておりましたが」

突然、横面《よこつら》を叩《はた》かれたような気がした。そして理解した、と思った。乙名が、不津を夫にせよと献言した意図を。

（そうか。それでだったのか――）

乙名は、不津を龍ノ原に呼び戻したがっているのだ。

呼び戻す目的は、一つ。彼を皇尊の御位に即《つ》ける以外はあるまい。

（そもそもどうして、わたしの政の、しかも重臣の列に不津と親しい者が加わっているのだ。なぜそのような者が左《さ》の大臣《おとど》に推挙された）

なぜ――と、大きな疑問がわく。それに答えを欲して、思わず口にした。

「乙名を強く推挙したのは、造多麻呂《つくりのたまろ》と淡海叔父君だった。多麻呂も淡海叔父君も、乙名が不津とともに附孝洲に同行したのを知らぬのか」

馬木が首を横に振る。

「知らぬということは、ございません。不津王が附孝洲に御出立《ごしゅったつ》のさい、当時の左の大臣の意向もあり、皇尊をはじめ、龍稜の者、左宮右宮の者が見送りに出ております。淡海皇子も造多麻呂様も、見送りの列においでのはずです」

多麻呂も淡海も、乙名が不津と親しいのを承知で推挙したという。しかし彼らが宣儀の後、日織が正式に即位してからも、彼女に不満らしい様子を見せたことはない。

(あの二人が、なにかの思惑で乙名を推挙したとは考えられない)

浮かんだ疑念を払おうとした。

しかし有間が文に書いていた「しかと心せよ」という警告めいた一文を思い出す。

(考えられない、と……これはわたしの願望か？　考えられないのではなく、考えたくないのか)

願望を事実と信じたくなる、これは自分の危うさなのか。

「馬木。まずは、東二と会う段取りをつけてくれ。それから……必要になれば、またおまえにも働いてもらう」

「承知いたしました」

馬木が去ると日織は歩き出したが、先を行く采女《うねめ》に聞こえない細い声で空露に問う。

「どう思う、空露。乙名は、不津とともに他国に同行するほど親しい仲だ。そして、そのような者を、多麻呂も淡海叔父君も重臣の列に加えた」

「ふさわしい人物であったからと、考えたいものです。他意はないと」

「他意はないと思えるか？」

空露は沈黙した。判断しかねるということだろう。

「もし、仮に多麻呂と淡海が……」

と言いかけた言葉を「日織」と空露が遮り、目顔で前方を示す。

その方を見やると、前方の回廊をさくさくと大股《おおまた》に歩く造多麻呂の姿があった。遅参したと焦っている様子だったが、日織に気づき、慌《あわ》てて礼をとりその場に膝をつく。近づいていくと、多麻呂はさらに深く頭をさげた。

「失礼いたしました、皇尊。御前を横切るような真似《まね》を」

「良い、立て。大殿へ参るのだろう。一緒に向かえば良い」

はっと応《こた》えてたちあがった多麻呂は、快活な笑みで言った。

「本日も芙蓉《ふよう》ですな、皇尊。お似合いです」

媚《こ》びている気配はない。この男はこういったことをさらりと口にする。少し前までは若さゆえかと思っていたが、小勢乙名と会ってみると、同じ年頃の乙名は多麻呂と真逆で、石のように静かで口が重い。老若《ろうにゃく》問わず、性質の違いだろう。

采女に先導され、多麻呂と並んで歩み出すと、空露は背後に下がってついてくる。

多麻呂は申し訳なさそうに、鬢《びん》を掻《か》く。

「昨日は新しい大首《おおおびと》たちとの合議が、深夜まで長引いて寝過ごしてしまいました。とはいえ、こんなことは言い訳にもなりませんが。乙名殿に怖い顔で睨《にら》まれそうだ。あの方はなにごとにも厳しくて、見識も広い。乙名殿が大首を務められていた時から、右《う》の大臣《おとど》になったばかりのわたしなどは、頭があがらなかったので」

「確かおまえも、乙名を左の大臣にと推挙したのだったな」

何気ないふうを装《よそお》って問う。

「乙名殿は左の大臣になれる器量のある方ですから。ここしばらくは大臣となる者はありませんでしたが、古くから小勢一族は重臣として皇尊をお支えしてきた一族ですし」

その横顔から何か読み取れるかと、日織は多麻呂を見やった。明朗な雰囲気なので忘れがちだが、切れ長の彼の目にはいつも賢《さかし》げな光がある。

大殿の枢戸まで日織がやってくると、そこに控えていた采女が「皇尊、出御」の声を発し、叩頭《こうとう》する。その前を通り、多麻呂を従えて中に入ると、既に淡海皇子と真尾《まなお》、小勢乙名が顔を伏せて待っていた。多麻呂は面目なさそうに、座につくと同時に顔を伏せた。日織が最奥《さいおう》の五色布の前に立つと、いつものように背後に空露が控える。

「参殿大儀。顔をあげよ」と命じ、重臣たちが顔をあげると日織も藁蓋《わろうだ》に腰をおろす。それを合図に淡海皇子が礼を取り、「左宮右宮《うのみや》、両宮とも粛々とつとめております」と慣例の言葉を口にし、さらに続けた。

「さて。本日は右宮からのお伺いがございます。しかし先の大殿出御のおりに、左の大臣より献言がありましたゆえ、まずはそのお返事を皇尊よりお伺いしたく存じます」

日織はひと呼吸おくと、ゆっくりと首を横にふる。

「いや。本日はその返事はせぬ」

重臣たちの目に一様に不審の色が浮かぶが、それは当然と覚悟していたので、淡々と続けた。

「まず、そなたたちの耳に入れ、はからねばならぬことがあるのだ。わたしの夫のことよりも、なによりも、重要だ」

「そのように仰るとは、なにがございました」

不安の色を浮かべ、淡海が問う。

「逆封洲の使者から、不穏な話を聞いた」

「もしや直接、お話をなさったのですか？」

「真尾に命じ、大桜宮《おおさくらのみや》に招いた」

「公《おおやけ》の場以外にお招きになって、あまつさえ話をするなどと。皇尊としての威儀が」

「多くの慣例を壊して御位に即いたわたしに、威儀など不要だ。威儀よりも必要なことがある。だから呼んだ」

「賀意を伝えるのみの使者が、それほど重要な話をですか？」

白い髭《ひげ》をしごきながらいぶかしげに問う淡海に、日織は静かに答えた。

「不津のことだ」

その名に、乙名の目がこちらを鋭く睨んだような気がした。淡海の動きも止まる。

「逆封洲の使者遠音の話では、不津は、わたしを皇尊として認めていないそうだ。近いうちに附孝洲国主の助力を得て、譲位を迫るつもりだと。そのような噂が、逆封洲国主の耳に入っているそうだ。さらにわたしも、鳥手を龍ノ原の周囲五洲に差し向け調べさせた。不津や附孝洲に確かな動きがある、とは言えぬ。しかし五洲すべてに噂は広まっている。広まるだけの何かがあるのだ、必ず」

「……譲位を迫るとは。それは畏れおおくも、皇尊に……」

と、呟《つぶや》いたのは多麻呂だ。

「死ねということだな」

応じた日織に、真尾が首を横に振る。

「莫《ば》迦《か》なことです。皇尊は宣儀を終えられた。認めぬと、誰も言えますまい」

宣儀を目にした誰もが、日織を皇尊と認めざるをえなかった。阿《あ》知穂《ちのほ》足《たり》でさえもだ。

しかし——。

「不津は宣儀に立ちあっていない」

不津は宣儀を目撃していない。伝え聞いたところで、それがどうしたと腹を立てるばかりだろう。その場にいてその目で見ることと、ただ伝え聞くことには、大きな隔たりがある。

「附孝洲国主の力を借りるとは、力をもって譲位を迫るということだろう。もしそうなったとき、わたしには身を護るすべがない」

沈黙が落ちた。吹き込んだ風に、日織の背後の五色布が大きくふくれて翻《ひるがえ》る。

「逆封洲国主は、わたしに力を貸すと言っている。龍ノ原と逆封洲が約定《やくじょう》を結べば、不津がことを起こしたときに逆封洲の助力を得られる。そのために約定を結びたい。それを今日、皆にはかりたいのだ」

「なるほど。だから使者がまだ左宮に滞在しているのですね。理解いたしました」

と応えたのは、今まで一言も発していなかった乙名だった。

「反対いたします。焦り、約定は結ぶべきではない」

考える間もないほどにすぐさま拒絶した乙名の声に、啞然《あぜん》とした。考えるふりでもすれば良いものを、それさえせずに拒むのかと、冷たい怒りが腹の底にわく。

「なぜだ」

「龍ノ原と逆封洲の約定は、国を護るためであれば考える余地があります。しかし、不津王が立たれ皇尊に譲位を迫るのは、これは国としての危機ではなく、皇尊のみの危機」

「皇尊の身に危険がおよべば、龍ノ原も危ないと存じますが」

たまりかねたのか、空露が顔を伏せたまま口を開く。

空露は祇従《ぎじゅう》の位の護領衆《ごりょうしゅう》だが、皇尊と重臣たちの合議に口を出せる立場ではない。その場にいる者には聞こえるが、けして口を出したのではなく独り言なのだという態度で、意見したのだ。

しかし乙名は、空露の姿を視線でとらえ、応じた。

「違います。龍ノ原には皇尊があらせられれば良いのであって、今上《きんじょう》でなくてはならぬ、ということはない。今上であっても、不津王であっても、皇尊さえ御位にあれば龍ノ原は龍ノ原として在り続け、危なげはない」

（なんだと……）

暑さを急に感じられなくなった。血の気が引くような怒りとはこういうものか。

乙名は傲慢《ごうまん》にも、目をそらすこともなく、表情一つも動かさずにこちらを見ている。

さすがに淡海が眉をひそめた。

「無礼が過ぎますぞ、小勢乙名殿。皇尊の御前で」

「わたしは事実を口にしているだけ。無礼を言っている訳ではない。これが無礼というなら、皇尊にとって厄介な事実は、全《すべ》て無礼となりましょう」

挟軾《きょうしょく》の上においた拳《こぶし》を握り、怒りをこらえて日織は口を開く。

「龍ノ原の神性を気にとめず、龍ノ原を蹂躙《じゅうりん》する国主が現れたらどうする。今はわたしだけの危機かもしれないが、いずれそんな時が来たら、龍ノ原を護るために方策を考えなくてはならぬ。今から考え、約定を結ぶのが得策と考えないのか」

「考えないとは言っておりません。焦り、約定を結ぶべきではないと申しました。皇尊がそれをお考えなのであれば、約定の内容もあまたありましょうし、相手は逆封洲とも限らない」

乙名では埒《らち》があかないと、日織は淡海と真尾、多麻呂に視線を巡らせる。

「他の者はどう考える」

「祈社は判断する立場にありません。祈社は神事について皇尊をお支えするものです。政には関わらぬものです」

冷淡に真尾が応え、淡海は唸《うな》った。

「八洲と約定など……想像もしなかったこと。拙速な決断は避けるべきとしか、今は」

多麻呂も難しい顔をして腕を組む。

「即断するには、知識も情報もとぼしすぎますね。乙名殿がこの中で最も、八洲に関しての知識はおありですから。そのお考えは貴重でしょう」

唇を噛《か》みしめた。

「反対でなくとも、関係ない、もしくは、わからぬと申すか」

重臣たちとは、皇尊の相談役ではなかったか。こちらの問いに答えを返す者ではないのか。それが関係ない、わからぬとばかり返すのでは、その存在意義はどこにあるのか。

いや、もしも——。

　彼らに日織を助ける意思がなければ、これは当然の成り行きなのか。

「ひとまず、逆封洲との約定は保留になさるが賢明と思います。皇尊がお望みのように龍ノ原を護るための約定であれば、八洲の国情を調べ、それをもってどのように他国と関係を結ぶべきかお考え召されよ」

　淡々と言う乙名を、日織は睨《ね》めつけた。

「考えている間に、わたしの命運が尽きるかもな」

「その可能性もありましょうが、そうならないためにと焦り、判断を誤れば、龍ノ原の形を変えてしまうやもしれぬ大罪を犯すことになります。大切なのは龍ノ原を第一に考えること。端的に言えば皇尊はすげ替えがきく。しかし龍ノ原は無二のもの」

「乙名殿！　言っていいことと悪いことがありましょう」

　多麻呂が焦ったように声を張り、さらに、

「お控えなさい。皇尊がご不快です」

抑えた声ながら苛立《いらだ》ちを含み、淡海が注意を促す。真尾も苦い表情だ。

　乙名は重臣たちをゆっくり見回す。

「ほう。左様に仰いますか、皆さま。皇尊がご不快なことは、議論はできぬと」

悪びれもせず言うと、今度は日織に視線を据える。

「皇尊も、ご同様で」

日織はそれを冷淡に見返す。

（すげ替えとまで、わたしの前で口にして。さらに何を言うつもりだ）

しばし睨み合ったが、不意に乙名は軽く首を振ると、細く息をつく。

「間違いでしたな」

ぽつりと言うと、その場に手をついた。

「わたしは左の大臣には甚だ適さない者のようでございますな。適さぬ者が、延々とこの場にいるべきではない。お役目を辞したいと思います。お許しをいただけますか」

不意打ちに、日織は声もなかった。

（辞めると？　まだ二度目の大殿出御で？）

呆れと驚きが混じり、ただ乙名を見つめた。

「なにを仰るのですか、乙名殿」

腰を浮かした多麻呂が声をあげ、淡海も目を見開く。

「控えよと申したが、職を退けとは言っておりませんぞ、わたしは」

「落ち着かれよ、乙名殿」

真尾の言葉に、乙名は顔をあげた。

「落ち着いているからこそです、真尾殿。無駄な時をとる必要はない。見極めは早いほうが良いでしょう。お許しをいただけますか、皇尊」

淡海が焦ったように、日織をふり向く。

「皇尊！　ご返答はお待ちを。乙名殿の他に、左の大臣になれる者は今おりませんぞ」

「しかし、辞めるという者を引き留めても、仕方あるまい」

冷めた気持ちで応えた日織に、淡海は強く首を振る。

「それでも、ご返答はお待ちを。お許しめさるな」

乙名はそのやりとりを聞いていないかのように、すいと礼をとると立ちあがった。

「わたしは、これにて」

「乙名殿！」

さっさと正面の枢戸を出て行った乙名を、慌てた多麻呂が追う。枢戸の側に控える采女が驚いて礼をとるのも忘れ、簀子縁へと出て行く重臣二人をただ見送っている。

真尾がため息をつき、淡海が額に指を当て、呻《うめ》く。

その場にいる者全ての動揺でかき混ぜられた母屋《もや》の游気《ゆうき》が、瞬間、しんとなった。

急に、全身の力が抜けるような虚《むな》しさを覚える。

多くの者が思い込む、当然というものをひっくり返して日織は御位に即いた。しかしひっくり返したものの上に立つというのが、これほどに不安定で、ぐらつくものなのか。まともに立つことさえできないほどに。

（信頼どころか……わたしの周囲は滅茶苦茶《めちゃくちゃ》だ。有間）

## 二

こんなことでは合議にもならない。諦《あきら》めて日織は立ちあがった。

「もう、よい。わたしが決める」

采女が慌てる前を通り過ぎ、空露までも置き去りにする勢いで、日織は母屋を出て簀子縁から回廊に出た。大殿裏の滝の音が、日織の背に縋《すが》るように響いてきたが、それを振り切るようにして早足で歩む。

「日織！」

追ってくる空露を無視して大桜宮に戻り、西殿《にしどの》へ足を向ける。簀子縁へあがる手前でふり返り、「ついてくるな」と、空露に鋭く命じた。乙名に侮《あなど》られ、さらに乱れきったあの場をどうすることもできなかった自分を見られたのが、情けなく悔しかった。一部始終を目にした空露に何か言われるのも耐えられないが、彼の目に自分が映るのさえ恥ずかしい。

信頼する者を増やせと有間は助言をくれたが、それがどれほど困難なのか、あの場で打ち据えられるように身にしみた。

悠花の顔が見たかった。

開いた正面枢戸に簾を垂らし、悠花がその内側に座っていた。柄の長い団扇《うちわ》で杣屋《そまや》に風を送らせながら、胸元をわずかにくつろげて涼んでいる。汗ばむ首筋が妖艶《ようえん》だった。目元にさした紅が、いつも以上に美しい。

「悠花」

東の枢戸から中へ呼びかけると、悠花が首だけでふり返った。日織の姿を認めた彼は、すぐに杣屋に何事か命じて外へ立たせる。

「蟬《せみ》が、そこの柱に来ている。ご覧になっては如何《いかが》？」

母屋に踏み込み悠花の傍らに腰を下ろすと、思いがけず近くで蟬が鳴き出した。びっくりして見ると、正面枢戸の白杉柱《しらすぎばしら》に一匹の蟬が止まっていた。珍しく龍稜にあがってきた蟬が、体を震わせ精一杯自慢らしく鳴く。

二人並んで蟬の声を聞いていたが、暫《しば》くして悠花が口を開いた。

「怒鳴っていらしたね。声が聞こえたよ。空露と喧嘩《けんか》？」

「喧嘩ではない……ただ」

胸の中が苦しいほどに乱れていた。大殿でのことを口にすると、胸の中にある様々なものを抑えきれない気がして話題をそらす。

「それよりも、有間から文が来た」

「おや、嬉しいではないの。なんと？」

「有間も与理売も元気だ。しかし彼は、国主となるために戦をするらしい」

「戦とは恐ろしいことだね。無事であってくれれば良いが……」

「助言もくれた。少しずつで良いから、信頼する者を増やせと。わたしには信頼できる者が少ないようだと、見透かされているのだ」

「良い助言ではない？　皇尊となったからには、信頼できる者は多く必要だもの」

　無意識に日織は、拳を握っていた。

「けれどわたしは、重臣たちの一人として心から信頼できない。信頼できないどころか、滅茶苦茶になっている。乙名は左の大臣を辞めると言い出した」

　吐き捨てるように口にした。そらそうとした話題を、結局自分で引き寄せる愚に、己への苛立ちが募る。不安と不満が破裂しそうで、心を乱すものを無視できないのだ。

「逆封洲との約定を、乙名は頭から否定した。龍ノ原の危機であれば約定も考え得るが、皇尊の身の危機は、龍ノ原の危機とは言えぬらしい。わたしは、どうなっても良いそうだ。龍ノ原には誰であろうが皇尊さえいれば良いのだから、わたしでなくともかまわない。不津でも良いと。乙名は不津と同じ師に学び、附孝洲にも随伴したほど親しいそうだ」

　目を見開き、悠花は幾度か瞬《まばた》く。

「乙名はそんなことを言ったの？　日織に向かって？」

「言った。ついでに言えば、造多麻呂と淡海叔父君は、乙名が不津と親しいと知っていて推挙した。多麻呂と淡海叔父君、二人ともなにを考えて乙名を推挙したのか――」

唇に指を添え、悠花はなにか考えている様子で、床に置かれた長柄の団扇の縁に視線を落とす。

乙名、多麻呂、淡海。気づかないうちに不津の影が忍び寄っている気がする。

真尾はどうだろうか。

不津との関わりは深くなさそうだが、慣例を壊して回るような日織に対して、真尾が常に不満げなのは見て取れる。思い返せば、遠音と対面した時、何か言いたげな彼女を遮りその場を終わらせたのは真尾だ。もし彼が遠音と日織の接触を阻《はば》んだのだとしたら。

それは日織にとって助けとなるべき者を、意図的に近づけまいとしたのか――。

(信じられるものが欲しい)

それは人でも、国でも良い。約定という形でも良い。とにかくそれによって少しでも安堵《あんど》できる、何かが欲しい。そのために早く手を打ちたいのだ。

躊躇《ためら》っていては間に合わなくなるかもしれないと、焦りが胸を焼く。

息苦しくて、日織は掠《かす》れ声で口にした。

「手遅れになりたくない。逆封洲との約定は、わたしが決めるしかない」

蝉がぴたりと鳴きやむと同時に、悠花が顔をあげる。その表情が険しい。

「あなたは怖がっているね、日織」

「不津が立つという噂がある。怖くて当然だろう」

悠花は首を横に振る。

「そんな意味ではなくてね、日織。あなたは不津だけではなく、全部を怖がっていると言いたかった。あなたが怖がっていないのは、空露とわたし、杣屋と居鹿《いしか》くらいではないの？　そのほかの者——不津はもちろん、周囲にいる者全てを怖がっている」

それほど自分はびくびくと怯《おび》えた様子を見せているのだろうかと、不可解だった。

「怯えているつもりはない」

「自覚がないのが問題だろうね。怯えは暴君を生むよ、きっとね。だって誰も信じないならば、自分勝手に判断するしかない。りっぱな暴君じゃない？　それは」

「わたしが暴君？」

耳を疑った。呆然《ぼうぜん》と悠花を見返す。

「悠花の目には、わたしはそんな風にうつっているのか？　あの場は、わたしが全て壊したとでもいうのか。しかし乙名の言葉は、わたしに斬《き》りつけるようなものだった。そんな男を推挙した者たちに従って、約定を結ぶのは待てというのか。そうしなければ、暴君と」

「結果的に、そうなるね」

情けない思いで張り詰めていた心にとどめを刺され、感情が弾《はじ》けた。

「では悠花は、わたしに死ねというのか!?」

思わず立ちあがっていた。

(悠花は優しい。けれどどうして時に、こうして、わたしの気持ちなど知らぬふりをして酷なことを口にするのか。夫のことにしても、そうだ!)

胸の中で弾けたものが吹き乱れ、冷静さのかけらもないとわかっていたが、乱れるものを自分ではどうしようもなかった。

「重臣たちの同意を得られず、頼れる助けもなく、手もなく不津に譲位を迫られて終われということか。令を廃したのだから望みは果たしたと、それで良いか!? わたしがすぐにいなくなり、もとの龍ノ原に戻ったら居鹿はどうなる。これから生まれる子たちはどうなる。わたしはもうこの世にいないから、知ったことではないか!? 違うだろう。わたしが望んだのは、令を廃して人心が変わり、龍ノ原が変わることだ。月白《つきしろ》が望んだのも、そういうことだ。宇預《うよ》お姉様もきっと、それを望む」

悠花は、静かに日織を見つめるのみだ。その視線にはっとした。

(わたしは、今……)

困難な立場にいる日織に、何を言えば良いのかわからないと、悠花の目が戸惑っている。日織と同じように、悠花にも最善策など見えないはず。それでも彼の考えうる助言を、してくれているのに。

（悠花を困らせている。護りたいはずの人、禍皇子《まがつみこ》として自在でいられない苦悩がある
だろう、この人を）

なんという見苦しさだ。とうてい、皇尊の御位にある者のふるまいではない。

（これは八つ当たりだ。無様に悠花に当たり散らして、なんになる）

悠花は日織を思いやってくれる人だ。彼の言葉は日織のためなのだと、頭では理解している。皇尊の独断を肯定する気は、日織もない。

ただ消え入りそうなほど惨《みじ》めな気持ちの時に、悠花に正しさで応じられたのが哀《かな》しかっただけだ。乱れる息を整えるために幾つか深く呼吸した。

「……すまない、悠花。わたしが悪い。何もかも」

消え入るような声で謝罪すると、悠花が小さく首を横に振る。それは「かまわない」と許しながらも、幾分かの呆れが混じっている仕草に思えた。

（どうすれば……わたしはどうすれば、皇尊にふさわしい者になれるのか。この人を護ってともに在り続けながら……どうすれば……！）

苦悩と混乱を振り払うように、強く簾を押し開いて簀子縁に出ると、「馬木！」と鳥手の長を呼ぶ。少しの間があり、「参じました」と声がして、前庭の桜の陰から隻眼《せきがん》の男が現れた。

「わたしの馬を準備して、鳥手を幾人か護衛につけろ。左宮へ行く。逆封洲からの使者、遠音が滞在している客殿だ」

かしこまりましたと馬木が応えてさがると、簾《すだれ》の奥から悠花が問う。

「まさか、日織。約定を結ぶおつもり？　わたしの言ったことを、理解しているの？」

「わかっている。勝手なことはしない。遠音に、約定の返事ができぬと伝えるだけだ。もし遠音があと数日でも待ってくれるなら、その間に重臣たちをまとめる。なんとしても」

それだけ言い置くと、馬溜《うまだ》まりへ向かう。

（まず、わたしは己を護るために動かねばならない。遠音がこの時に現れた。これは、わたしにとって僥倖《ぎょうこう》。救いの手だ）

それをみすみす逃し、手もなく不津に追い落とされて死ぬ。そんなことになったら、なんのために月白を失い、龍に希《ねが》い、御位に即いたのかわからない。

しかし、暴君にもなるつもりはない。

□□□

日織が去ったのを見計らい、杣屋が母屋に戻ってきた。簾越しに夫を見送る悠花の傍らに来ると、長柄の団扇を手にとって悠花へ風を送る。緩い風を受けた悠花は、団扇を使う杣屋に向き直った。

「杣屋。遣いを頼まれてくれない？」

「どちらにでございますか？　また、先のように龍稜《りゆうりよう》の外でございますか」

簾の外へちらっと目を向け、杣屋は少しうんざりした顔をする。

先日、文を届けさせるために、龍稜の外へ杣屋を遣いに出した。大切な務めとわかっていた彼女はちゃんと役目を果たしてくれたが、暑さに負けたらしい。龍稜に戻ってくると、半日もぐったりと疲れた様子だったのだ。

「近くだ。空露を、ここへ」

ふと杣屋が眉根を寄せる。

「それは……よもや？　悠花様」

悠花は微笑を返す。

「呼んでおくれ」

承知しましたと応えて出て行った杣屋は、すぐに空露をともなって戻ってきた。

悠花から手短に事情を聞かされた空露は無言で頷き、素早く出て行った。

□□□

用意された鹿毛《かげ》馬に乗り、五人の鳥手を従えて龍稜を出た。日織は歴代の皇尊《すめらみこと》と違って行動が軽々しいらしいが、馬木たちは応じてくれている。左宮へ行くだけだとしても、そこは鳥手の判断で馬木も同行していた。

　逆封洲国主の使者遠音が滞在しているのは、左宮の外郭にある客殿だった。曹司《ぞうし》とは板塀で仕切られ、門も分けられているため、客殿へは左宮の東側に開かれた門から出入りする。

「左宮の客殿には、糊空木《のりうつぎ》の園があります。時間が許せば、ご覧になればよろしいかと。気も晴れましょう」

　むっつりと考え込む日織に、轡《くつわ》を並べた馬木は珍しく、気を紛らすようなことを言った。馬木も大殿の諍《いさか》いは漏れ聞いていたのだろう。

「そうなのか？　見てみたいな」

「わたしの友が丹精しているので、自慢らしいです。見に来いとうるさいので」

「おまえにも友がいるか。良い奴《やつ》か」

「はい。わたしとは違い、愛想の良い男です」

無表情に答えたので、少し笑ってしまった。

髭平は暑く乾いた風が吹き抜け、細い草葉が鳴り続けていた。その中を進んでいくと、左宮の外郭東門が見えてきた。四本柱の門だ。門扉《もんぴ》は開いており、檜《ひ》皮葺《わだぶき》の屋根の下に、数人の人影がある。

「遠音か？」

車百合《くるまゆり》の刺繍《ししゅう》が施された衣には見覚えがあった。遠音と女丁らしき女が二人、そして旅装の兵《つわもの》が一人。旅装の兵が遠音に細長い木箱を渡している。書札《しょさつ》を入れる箱だ。

日織たちの馬の気配に気づいた兵が、こちらを振り返った。遠音もふり向き、「あら」と言うような顔をすると、目の前の兵に何かを告げる。彼は礼をとってきびすを返し、去って行く。遠音は受け取った箱を女丁に預けると、自らは屋根の下から出てきて日織を迎えた。

「皇尊。おみえになると伺っておりませんでした。こんなところで……どうしましょう」

戸惑ったように背後の客殿を振り返るが、日織は首を横に振る。

「気遣いは無用だ。すこし話をしに来ただけだから」

馬から下りて轡を馬木に預けると、遠音の前に立って彼女の優しげな目元を見つめた。

(やはりどこか、宇預お姉様を思い出させる)

お話ですか？　と、期待の瞳《め》を遠音が向けてきたのは、今日が大殿出御の日と知らせてあったからだ。返事が聞けると喜んでいるらしいその顔を見ると、申し訳なくなり、さざめき続ける草葉の海へと目を転じ、促す。

「暑いだろうけれど、少し歩きたい」

「まあ、素敵です。ここの草葉は見たこともないほど、細くて美しいですもの」

遠音と並んで、細い草葉の中へと歩を進めた。馬木も、遠音の使っている女丁も遠慮して、かなり距離を空けてついてくる。

歩みはじめる二人の左右で、細い草葉がさやさやと鳴り続けていた。ごく細い草葉は、あるかなきかの風にゆれるので、髭平は常に草葉の囁《ささや》きに満ちているのだ。子どもの頃はそれが、地龍《ちりゅう》が息づいている証《あかし》のような気がしていた。

「先ほどの兵は？　見たところ逆封洲から来た者のようだが」

「必要なものを届けてくれました。もうすぐ帰国するのだから構わないのに、和気《わき》――国主は、気遣いが過ぎる嫌いがあるので」

「書札の箱のように見えたが」

「和気には妻がないので、わたくしが城の内郭のことは決めておりまして、それらの相談ごとを。帰国してからでも遅くない話なのですが、内郭の者たちがせっかちで」

「それだが。帰国はあと数日だけ待ってもらえないだろうか。随分待たせたうえに、さらに申し訳ないのだが——約定について、まだ返事ができないのだ」

遠音は足を止め、首を傾《かし》げてこちらを見やった。

「待つのは、数日であればかまいません。ですが、本日は大殿出御の日と聞いておりましたのに、違ったのでしょうか？　皇尊は次の大殿出御で、約定について重臣の方々とはかられると」

日織は首を横に振るしかない。

「わたしはそれを望んだが、重臣たちの反対があったのだ。特に左の大臣は頑《かたく》なで、わたしとは相容《あいい》れない……。左の大臣はむずかしいかもしれないが、他の重臣たちはなんとか説得しようと思う」

「え？　重臣の方々が反対を？」

驚いたように口にした後で、遠音は顔をしかめて足もとに目を落とす。

「重臣方は、皇尊のことを本当にお考えくださっているのでしょうか」

思わずこぼれた言葉なのか、遠音はすぐにはっと顔をあげて言いつくろった。

「あ……いえ、それは。重臣方も様々にお考えはおありでしょう」

龍ノ原の重臣を批難したと受け取られるのを恐れたのかも知れないが、遠音の言葉は日織を思いやるもので、重臣たちよりもよほど日織に寄り添っている。

（わたしはきっと、悠花がこんなふうに言ってくれるのを期待していたんだ）

遠音の言葉に解きほぐされるように、自分が悠花に甘えたがっていたのだとわかる。月白だったら、きっと遠音のような言葉をくれたかも知れないが――。

「……あの人は、甘やかしてはくれないんだな」

思わず口にすると、遠音が「え？」と問う。

「いや。わたしの大切な人は、正しいことを教えてくれるが、甘やかしてはくれないなと思って」

「皇尊が大切な方と仰《おっしゃ》るならば、悠花皇女様ですか？　妻としてお側《そば》におられると。お目にかかりたいですね。随分とお美しいお方と聞いております」

照れくさかったが、素直に頷《うなず》く。

「うん。とても美しくて、賢い人なんだ」

悠花と月白が、仲良く双六《すごろく》をしていた時の様子が脳裏によみがえった。

あんな風に穏やかに過ごせれば、悠花も日織も、心が安らぐはずだ。あのときは日織は男の身なりで眺めているしかできなかったが、今ならば悠花や遠音とともに、美しい衣を身にまとって混じることもできるだろう。遠音がいてくれれば、叶わなかった宇預との時が、かりそめにでも味わえるのかも知れない。

そんな他愛ない時間が欲しいと、急にそんな思いに駆られた。こんな望みは甘えなのだろうと、わかってはいた。

「約定については、まだ確たることは言えない。だが待っていて欲しい。待たせてしまうが……、その間にもう一度龍稜に来てくれまいか」

なぜか気恥ずかしくなり遠慮気味に誘うと、遠音は日織の意図をくみかねるような顔をする。

「悠花にも会いたいと言ってくれたので、わたしと悠花と、あなたで、双六遊びをしよう」

風にゆらりとあおられた髪を押さえて、遠音は小さく頷くと、微笑《ほほえ》む。

「ええ、はい。喜んで」

そこで悪戯《いたずら》そうに付け加える。

「わたくしは、双六は強いですよ。手加減はいたしませんから」

その朗らかで優しげな風情《ふぜい》に妙にどぎまぎしてしまったのは、やはり宇預に似ていると思ってしまうからだ。

「ありがとう、遠音」

腹立たしさでささくれていた気持ちが、少しましになっていた。

腰をかがめて手近にあった草葉の数本を折り取ると、ついついと編む。草葉が細く艶《つや》があるので、編み込めば綺麗《きれい》な緑の紐《ひも》になり、その左右の端を細工すると、簡単に龍《りゅう》の形になる。

「まあ。可愛《かわい》らしい龍」

遠音が目を見開く。

「わたしたちは子どもの頃、よくこうやって遊んだ。髭平《しのひら》――この草原にある草は龍髯《りゅうぜん》草《そう》というんだ。こうして編めば龍になる」

手渡すと、彼女はそれを大事なもののように受け取った。その様子が嬉《うれ》しかったが、ふっと小さなものが心に引っかかる。

（遠音は待つと言ってくれているのに。そしてこれほど、親しくしてくれるのに）

どうしてこんな感覚に陥るのか。それは彼女に宇預の面影を見るからだろうか。宇預や月白のように、日織に優しくしてくれて、ほっとさせてくれる人が、唐突に失われる経験をいくつかしてしまったからか。

「ありがとうございます、皇尊」

「色々と勝手を言うな」

「いいえ。かまいません」

遠音は微笑み、小さな緑の龍を、悪戯そうに動かして、うんうんと頷かせてみせる。

その茶目っ気のある様子に、日織は声を出して笑った。

遠音に見送られ、馬を龍稜へ向けて歩かせていると、左宮の北門門前に見知った人影があった。

「あれは……空露か？」

馬を並べていた馬木が、「そのようです」と答えた。

檜皮葺の屋根のついた四本柱の北門をくぐって、官吏たちが幾人か出入りしていたが、それを避けるように門の脇《わき》に馬の轡をとって立ち話をしている空露の姿があった。彼は龍稜で日織の帰りを待っているとばかり思っていた。

（何をしている。こんなところで）

空露と話をしているのは、左宮に勤める官吏のようだったが、こちらに背を向けているので顔はわからなかった。すらりとした立ち姿の男だ。帯の色から宮内官《くないのかん》だとはわかったが、宮内官は幾人もいる。

宮内は皇尊の生活にかかわる諸々《もろもろ》を担《にな》う。空露がなにか宮内に注文をつけに来たのだろうかと考えたが、直接出向くのもおかしなことだった。

日織の表情を見た馬木が気をきかせ、「お呼びになられますか」と、問う。頼むと言うと馬木は、馬を飛び降り、轡は配下に預けて駆けていく。近づいてくる馬木に気づいた空露は、日織の姿も遠くに認めたらしい。馬木が到着する前に、話をしていた宮内官に何事か告げた。宮内官は軽く礼をとって門の内側へと入っていく。

馬木が空露の前で膝《ひざ》をつくと、空露は頷き、自分の馬を引きながら馬木とともにこちらにやってきた。

「客殿にお出ましと聞いておりましたが。今お帰りですか、日織」

「ああ。おまえは左宮《さのみや》に何の用件だ。話をしていた宮内官は誰だ」

「たいした用件ではございません。大桜宮にいる采女の数についての話を」

「直接か？」

「込み入った話でしたので、文では誤解が生じますから」

さらりとかわされたが、違和感はぬぐえなかった。しかし空露がこんな態度の時は、いかに日織がしつこく問うても、彼はのらりくらりと逃げてしまう。

「そろそろ日が暮れましょう。龍稜にお早く」

そう促した空露は馬にまたがり、日織の先を進み始める。

（なんの謀《はかりごと》だ、空露。わたしに隠して）

空露の背を見つめながら、日織も馬を進めた。

□□□

夏の夜風を感じながら、夏井《なついの》王《おおきみ》は簀子《すのこ》縁《えん》に横になっていた。

湿った暑さをはらむ夏の夜風が、彼は好きだった。草木の勢いが増す夏は、風がそれらの香気を含む。そのかぐわしさが心地よい。

彼の邸《やしき》に仕える者はほんの数人しかなく、ほとんどが里《り》から通ってくる。一人古参の老爺《ろうや》が下働きとして邸に住んでいたが、寝起きする殿舎《でんしゃ》が違うので、いないのと同じだ。

その静けさが好きだ。

二年前に父を亡《な》くした時はすこし寂しい気もしたが、すぐに慣れた。

宮内官として勤めていたが、彼にはさしたる重責もない。願わくば、ずっとこうして静かに穏やかに生きたかった。書を読み、虫や鳥の声を聞き、月や星を眺め暮らす。

これ以上のものを何も望んでいない。

軒端《のきば》の上に瞬《またた》く星をぼんやり見あげながら、不安を覚えていた。

（今日もまた護領衆が来た）

常のように左宮で勤めていたら門前に呼び出され、行ってみると護領衆がいたのだ。その護領衆も、先日邸を訪ねてきた護領衆と同様に職階は明らかにしたが、名は口にしなかった。

祇従の彼もたいした用件がある様子ではなく、「さる方から依頼されたので、来たのです」と、夏井に告げた。そして他愛ない質問を幾つかされた。そうしていると彼は、背後の遠くから、誰かに呼ばれたようだった。するとすこし慌てた様子になって話を切り上げてその場を去って行った。

（なぜ護領衆がわたしの元へ来る。さる方の依頼と聞いたが）

二人の護領衆を差し向けたさる方とは、何者なのか。

満ち足りた彼の生活に、何かしら厄介なことが迫りつつある予感がする。

□□□

遠音の元から帰った日織は、その日は西殿へ向かう勇気がなかった。悠花に呆《あき》れられているはずで、そんな彼に甘えることもできない。そもそも甘えたいと思うことが、間違いなのかも知れない。

日織の即位の後、悠花は日織の妻としてあるのも悪くないと言ってくれた。

しかし——あれは日織の治世に期待していたからだろう。皇尊として足場がぐらつき、まともに立つことすら覚束《おぼつか》ない日織に、悠花が失望しても仕方ない。

悠花に失望されたくない、呆れられたくない。彼がずっと日織といても良いと思ってくれるような皇尊としてあらねばならない。

一晩かけてそんなことを考え続け、ようやく明け方には、悠花に向き合うほどに気持ちを立て直せていた。

空露に運んでもらった朝餉《あさげ》の膳《ぜん》から粥《かゆ》の椀《わん》を手にとって、一つ息をつく。

「朝餉が終わったら、西殿へ行く。悠花とわたしと一緒に双六をしようと、遠音を誘ったのだ。悠花がうんと言ってくれるか、問わねば」

後から運ばれた瓜《うり》の皿を膳に置きながら、空露は淡々と答える。

「悠花様は双六がお好きです。嫌とは仰らないでしょう。良い仲直りの方法です」

その返事に顔をしかめた。

「来るなと言ったのに、見ていたのか？」

「いいえ。杣屋殿から聞きました。覗《のぞ》き見は杣屋殿です。しかしそうでなくとも、そのくらいは察します。昨夜は西殿へ行かれませんでしたので」

「おまえに何もかも見透かされて、嫌だな。おまえの方は、隠しているのに」

「なにも隠し事はありませんが」

「では昨日、左宮を訪れた目的を聞かせよ」

「申し上げました。采女《うねめ》の数についての相談です」

「空露。それで誤魔化されるほど、わたしはもう子どもではない……」

と言いかけた時に、「失礼いたします」と、枢戸《くるるど》の外で采女の声がした。

「左宮の客殿より、文が参っております。逆封洲の御使者、遠音様からでございます」

差し出された文を空露が受け取り、日織に手渡す。

「双六についてですか？」

「かもしれないな」

と言いつつ文を開くと、そこには走り書きのような慌《あわ》てた文字が綴《つづ》られていた。文字の乱れに気づいた空露が、眉《まゆ》をひそめた。

「双六のご相談では、なさそうですね」

「おかしなものを手に入れた、とある。すぐにわたしに見せたいそうだ。わたしの身の安全にかかわると」

「おかしなものとは？」

「わからん。わからないが、嫌な感じがする。空露、すぐに遠音をこちらに呼べ」

承知しましたと言うが早いか立ちあがった空露は、東殿《ひがしどの》から出て行った。

ほどなく、遠音を伴って空露が戻ったと知らせが来た。身なりを整え待っていたので、日織はすぐに正殿《せいでん》へ向かう。

皇尊の座につくと、ひれ伏していた遠音に「顔をあげよ」と命じた。

「突然に申し訳ありません、皇尊。けれど、わたくしは、どうしても急ぎこれを……」

不安そうな声音で、必死に言葉を探す様子だ。

「遠音、落ち着いて欲しい。何があった」

「昨日、逆封洲からわたくしのもとに、遣いの者が来たのはご存じかと思います。その者が国に帰ろうと逆路《さかろ》へ向かっている時に、気になる者と行き合ったらしいのです」

「気になる？」

「附孝洲の兵です。附孝洲の兵は日頃、額に断結《だんけち》という布を巻いているのです。行き合ったその者は断結こそしておりませんでしたが、日頃それを巻いている証に、くっきりと日焼けの跡が額に浮かんでいたそうです。それを見て附孝洲の兵と知れたそうです」

附孝洲は、不津が身を寄せている国だ。

「なぜ附孝洲の兵がいるのかと不審を覚え、吾《われ》らの遣いはその者を追ったのです。するとその者は、真夜中にもかかわらず左宮に入ったそうです。すぐに出てきたらしいですが、どうも怪しい。さては附孝洲の兵が身を持ち崩した果てに、盗人のたぐいになったかと考え、捕らえようとしたのですが、逃げられました。けれどその者が懐《ふところ》に入れていたこれを取り上げることができたと、わたしに……」

恐ろしそうに懐から取り出し床に置いたのは、くしゃくしゃになった文だ。空露が立ってそれを取り、日織に手渡す。

料紙を広げてまず日織の目に飛び込んできたのは、「不津王に願い奉《たてまつ》る」という文字だった。

「……なんだ、これは」

我知らず声が出ていた。日織の衝撃を受け止めきれぬかのように、遠音が俯《うつむ》く。

それは不津への陳情の文だ。龍ノ原の重臣はそろって不津王の帰還を切に願っているので、一日も早いお戻りを待ち申し上げると綴られている。

そして――。

「小勢乙名」

日織は呆然と口にした。文の結びに記された名は、それだった。

三

空露が目を見開く。

「まさか、そのようなことが……」

愕然《がくぜん》としたが、やはりそうかと納得もした。

不津を夫にせよ。皇尊はすげ替えがきく。それら乙名の発言全ては、結局このためだったのだ。彼は不津が皇尊の御位《みくらい》に即《つ》くことを望み続けている。さらに不津王立つの報を聞き、それを促すために文を書き、附孝洲へと送ろうとしたのだ。

文を持つ手が震えた。腹の底から怒りがわきあがる。

（はっきりした。乙名は不津を皇尊にと望んでいるのだ。手もなく追い落とされてなるものか）

即座に決断した。衝撃に怯《ひる》み、怯え、立ちすくんでいたら手遅れになるだろう。

「これは謀反《むへん》だ。乙名は謀反を犯したのだ。最も重い八虐《ぎゃく》の一つ」

そこで日織は、顔をあげない遠音に言う。

「ありがとう、遠音。あなたのおかげだ」

ことの重大さに臆《おく》するように、遠音はおずおずと顔をあげた。

「嬉しゅうございます。皇尊のためになったのであれば」

「あなたがいてくれたからこそ、八虐を犯した者を捕らえられる。あなたは少し休んで、客殿に戻っていてくれ」

「お待ちなさい、日織！　乙名殿はまだ罷免《ひめん》されておりません。今も左《さ》の大臣《おとど》なのです。それを安易に捕らえるなどできません」

空露が、思わずのように膝立ちになった。

「ここに証拠があってもか」

「これが乙名殿の手跡と、一致しなければなりません。一致したとしても、手跡を似せて書かれたものと言い張られたらどうしますか。このような文ひとつで、左の大臣に対して刑部《ぎょうぶ》も動けません。まず重臣たちにはかり、皇尊と重臣の総意で左の大臣を罷免し、しかるのちに捕縛の指示を」

「それでは時がかかりすぎる。そもそも重臣たちが乙名と同様の考えであれば、けして罷免はされぬし、刑部も動かぬ」

文には、重臣たちがそろって不津の帰還を待ちわびていると書かれていたのだ。

(今までなかった女の皇尊。さらには遊子《ゆうし》だ。あらゆる慣例をないがしろにし、後継をつくるために夫をもつことも渋る――)

己で己を顧みても、重臣たちが早々に日織に愛想をつかす要因は幾つもある。

「しかしそうであっても、今申し上げた以外に方法はないのです、日織」

怒りが、全身にじわじわと広がってくる。立ちあがって冷然と告げた。

「刑部が動かない、捕らえられないというのならば……わたしが行く。わたしが乙名の元へ行き、不津が月白にしたように斬る」

空露が、絶句する。あまりに乱暴な決意に、言葉が見つからないらしい。

しかし日織は、憤怒《ふんぬ》で混乱して、そう口走ったのではなかった。腹の奥は煮えたぎっているのに、頭の中はくすぶり続けた疑念と苛立ちが怒りに舐《な》めとられ、逆に思考が冴《さ》えているのだ。

凍るほどに冷たい思考と、発火しそうな感情と、極端に二つのものが体の中にあった。

ようやく、空露が声を絞り出す。

「日織、なにを仰います。皇尊自身が血で穢《けが》れるなど、許されません。大殿《だいでん》を血で穢すことすら、八虐の一つ大不敬《だいふけい》とされるのです」

「皇尊自身が穢れることは、八虐か？　皇尊自身の穢れについては定められていまい」

「穢れてはならぬ尊い御方が、皇尊なのです」

「そう信じられているだけだろう。わたしは遊子だ。神に見放されたと信じられていた者が、皇尊となったのだ。それと同様、神の声をしかと聞いた者がないのであれば、皇尊がどれほど穢れようが、かまうまい。それが必要ならば」

空露が、呻く。

「しかし左の大臣を害すれば、必ず周囲は日織を咎《とが》めます」

「月白は不津を害そうとした――それを理由に、月白を斬った不津は咎められなかった。ただ龍稜を穢したことのみ咎められた。だとしたらわたしも、わたしの身命を害そうとしたゆえに、乙名を斬っても咎められまい」

「害そうとした証拠がありません」

「月白とてあの瞬間、不津を害そうとしたと、誰が証明できるのだ」

あのとき月白は不津に向かって刃《やいば》を振り下ろそうとしたが、それをすんでのところで止める可能性はあったのだ。彼女はただ不津を脅そうとしただけだと、そう言い張ることもできる。

日織が乙名を斬って咎められても、言い逃れならいくらでも可能なのだ。

「おまえは来るな。穢れは、わたしだけで引き受ける」

「なりません、日織！」
縋るような空露の声を振り切り、日織は正殿を出た。

櫃《ひつ》から護《まも》り刀《がたな》を取り出した。白杉の鞘《さや》のそれを握り、すぐさま馬木を呼び、左宮に向かうと告げた。何のためにと馬木は不審げではあったが、「左の大臣に会う」としか言わずに、とにかく急げと命じた。

日織の緊張した気配と手にある護り刀に、馬木は常ならぬものを察したらしい。鳥手《とりて》の護りを厚くしましょうと応じた。

本来は居所の一部であるため、左宮右宮《うのみや》に皇尊が出向くのは特別なことではないはずだった。しかし歴代皇尊は祈《き》社《しゃ》に出向くことはあっても、左宮右宮に出向くことはなかった。日々の勤めでは用のない場所だからだ。

小勢乙名に会うため、皇尊が左宮に出向く。

そう先触れをさせ、その後、左右を鳥手に護らせて左宮に向かおうと輿《こし》に乗り込みかけたところに、宮内上《くないのかみ》が采女に案内され、泡を食って駆けつけてきた。

「皇尊、お待ちを。左宮にお越しになっても、左の大臣には会えませぬ」

輿の傍らに立った日織の前に、宮内上は息を切らしながら膝をついた。

左の大臣を辞すと言って乙名は龍稜を出たのだから、もはや勤めはせぬと邸にこもっていても不思議はなかった。

「曹司にいないだろうと予想はしていた。邸から呼び出してくれれば良いのだ」

左宮には左の大臣のための邸があり、大臣を務める者はそこに居を移すのが常だ。

「いえ、その邸におられぬのです」

「いない？　所在がわからぬのか」

逃げられたかと、咄嗟《とっさ》に思った。

しかし日織が乙名の文を手に入れたことも、彼を断罪するつもりであることも、知られる隙《すき》はないはずだった。

宮内上は息を整え、答えた。

「所在はわかっております。表向き小勢乙名様は、左宮の邸に居を移されたことになっております。しかしあの方は実際、左宮の外に邸を構えられており、左の大臣になられてからもそこから御出仕されていたのです。今はその邸におられます」

「邸を移っていないのか。なぜ」

「そちらの方が良いと、仰るばかりで。理由は存じませんが」

日織は眉をひそめた。

（左宮の邸では、都合の悪いことでもあるのか）

左の大臣となった当初から、乙名が不津となんらかのやりとりをしようと考えていたならば、人目を憚《はばか》って邸を移らなかったのかもしれない――と、そう考えた時だった。

違和感を覚える。

(いや。待て……どういうことだ)

押し黙った日織に、宮内上が気遣わしげに問う。

「如何されましたか、皇尊」

「いや。なんでもない」

日織は首を横に振る。

「左宮の邸にいないならば、その外の邸とやらへ出向こう」

「なりませぬ、そのような。皇尊が臣下の邸へ御自ら出向くなど。聞いたことがございません。そもそも左宮にお目見えになることも、今までなかったことで」

日織は薄く微笑む。

「だから、良いのではないかな。不意をつける」

「なにをなさるおつもりで、皇尊」

不安げな宮内上の問いには答えず、命じた。

「誰か、乙名の邸まで案内《あない》できる者をつけよ。そして、馬木。乙名の邸まで輿でゆるゆる行くのも面倒だ。馬で行く」

宮内上はあっけにとられたようだったが、馬木は慣れたもので、承知いたしましたと配下に指示を出す。護衛の鳥手の数をさらに増やす算段をはじめた。

乙名の邸までの案内役として宮内の下官がやってくるのを待ち、龍稜を出たときには、午後も遅くなっていた。帰途暗くなるのを心配し、馬木は夜道を行くための用意もした。

護り刀には絹の白布を巻き、鞍《くら》に固定し、歩み出す。

遠音からもたらされた文は懐に入っていた。その手触りを確かめながら、日織の思考はめまぐるしく動いていた。

（わたしは……確かめなければならない）

夏の髭平は勢いがある。

龍の髭《ひげ》に似た細い草葉が、ぐんと背伸びするかのようにまっすぐ青々とそよぐ。あちこちで風が吹き、草葉が鳴り、常に微《かす》かな音に満ちている。

龍稜を取り囲む草地を抜ける一本道の左右、板塀に囲われた左宮右宮の中には、曹司が並ぶ。

その間を抜けて髭平を出ると、小さな池の周囲にできた森に、一つの里《り》があった。戸数十一の小さな里だが、干し草で籠《かご》を編むのが得意な者が多く住むと聞いていた。

落葉樹が多い森の中に板葺きの家が見え、赤子の泣き声が微かに聞こえる。

それを横目に見ながら、先頭を宮内の下官、その背後に日織の馬が行く。

日織の後ろには騎乗した馬木が従い、背後にももう一人、馬に乗った鳥手。徒歩《かち》で追従する鳥手の五人が、木々の陰に見え隠れしている。

蒸し暑さはあったが、森の中は幾分ましだった。それでも木々の葉を通して落ちてくる光は強く、目を射る。

降るような蟬の声が、突然先頭を行く下官の声に遮られた。

「何者か！」

見れば、細い道の真ん中を塞《ふさ》ぐように誰かが立っている。ずんぐりした体つきの中年男で、八洲《はつしゆう》風の身なりをしていた。男はわざとらしく驚いた顔をして、こちらをふり返る。無害そうな風貌《ふうぼう》に安堵したのか、下官が今度は落ち着いて命じた。

「道を空けよ」

「これは、これは。お邪魔でしたかな？」

にこにこと愛想良くしながらも、男は悪びれず答えた。

「いや、しかし。わたしが先に散歩していたので、道を空けよとは、ひどい仰りようですな。わたしが退《の》くのをおとなしくお待ちいただくのが、筋というもので」

「無礼であろう」

「おや、なぜでしょうか。同じ人と人であれば、礼儀として」

「こちらは高貴の御方であらせられる。道を塞ぐのは無礼ぞ」

「高貴と？　しかしわたしは龍ノ原の民ではないもので、首《おびと》や大首《おおおびと》のようなお方でしたら、わたしにとってはただの人。高貴と言われても、敬うべきお方かどうか」

男がぐずぐずと言い続けるのを聞いていて、日織は察するものがあった。

（この男。わたしが何者か、確かめたがっているのだ）

道を塞いでいたのも、おそらく意図的だろう。森の入り口かどこかで日織たち一行をみかけ、先回りして立ちはだかったのかもしれない。

相手の意図がわからない以上、皇尊であると明かすのは避けたかった。しかし下官は苛々《いらいら》と、言いつのってしまった。

「央大地《ひさしだいち》に生きるものならば、誰でも尊ぶべきお方だ。退《ひ》け」

「ほぉ、では、皇尊で間違いございませんな。そうではなかろうかと、思ってはおりましたよ。そちらに、馬木殿のお姿がありますからな」

にやりと笑った男は、日織の背後——馬木に目を向けた。

日織も、男に応対していた下官も同時に、背後をふり返った。二人の視線に、馬木は顔をしかめた。

「その節は、どうもお世話になりました、馬木殿。文は、無事に皇尊の御手に届けていただけましたかな」

馬木が観念したように馬を進めて日織に並び、囁く。

「あれが、東二です」

会ってみたいので手配しろと馬木に命じたが、それは昨日の朝のこと。しかしこの出会いは、段取りされたものではないのは明らかだ。馬木が戸惑っている。

一昨日の夜、文を届けた東二は、なんとかして皇尊に会う方法はないかと、うろついていたのかもしれない。そこで龍稜から鳥手に護られて出てきた一行を見つけ、これは千載一遇の機会だと、一行の足を止めさせたのだろう。

知恵者である。無礼となじられないように、わからない知らないと言い通して、相手の身分を聞き出した。

「大変なご無礼をつかまつりました、皇尊。わたしは逆封洲で商いをしております、東二と申します。一昨日、反封洲国主《こくしゅ》長子、伴有間様よりお預かりした文を、龍稜へお届けした者でございます」

言いながら、道に膝をついて深々と礼をとる。へりくだっているようだが、道を塞いでいるので無視して通れない。下官が困った顔をして、こちらを見る。目顔で「如何《いかが》すれば良いでしょうか」と、日織や馬木に助けを求めている。

(大胆で、強引だ)

東二のやり方を不快に感じるより、興味深かった。こうでなければ、商人などやっていけないのだろう。

このような商人を手《て》篤《あつ》く遇して国を潤《うるお》すのは、難儀に違いない。下手をしたら、うまいところだけを商人たちに吸い上げられ、国が細り、権威が落ち、国そのものが商人たちに振り回されかねない。

（しかし逆封洲は、商人たちを保護して潤っている。国主末和気《すえのわき》とは、どんな少年なのか。たった十一歳で国主となり、わずか三年で国を潤すのは、商人の上をゆく強《したた》かさがなければ、なし得ない業だ）

馬木に目配せし、日織は彼を従えて東二に近づく。

「顔をあげよ、東二。わたしからの文を有間に、そして有間からの文をわたしに届けてくれたこと、礼を言う」

顔をあげた東二は、にこりとした。

「ご尊顔、拝見しとうございました」

「わたしも、おまえに会いたいと思っていた。有間と与理売のことを聞きたいのもあるが、八洲の様々なことも知りたい。しかし人を訪ねていく途中なので、今というわけにはいかない。後ほど――、今日が無理であれば明日、明後日《あさって》でも、会えるだろうか。遣いを出したら、来てくれるか？」

「もちろんでございます。わたしはあちらの」

と言って、横手に見える、里の方へ視線を向けた。

「里長《りのおさ》の家に厄介になっておりますので」

「では必ず遣いを出す。そのときは頼む」

はっと小さく応《こた》えると、東二は腰をかがめたまま道の脇、草の茂る場所に移動した。再び馬に乗って歩き出したが、東二は、日織たちの視界から消えるまで道の脇に膝をついてこちらを見送っていた。

どこまでも腰が低いのに、卑屈ではない。必要とあらば強引で大胆なのが、興味深い。八洲の者は龍ノ原の者たちとどこか違う。それは龍に護られた国と、そうでない国との違いかもしれない。

龍のいない国はきっと、護られていない分だけ、人は強く狡《ずる》くならなければ生きていけないのだ。

森を抜けると開けた場所に出た。ゆるくうねって、わずかに下った道の先に平地が広がっている。平地は五、六百の家が点在する郷《ごう》で、その北側には小川が流れており、細い水の筋がきらきらと雑草の生い茂る閑地《かんち》を横切っていた。

小川に小さな木橋が渡され、その先にぽつんとひと棟だけの邸がある。

「あれが小勢乙名様の邸です」

先を行く下官が告げた。

「あれが？」

と不審げに問い返したのは、馬木だ。

郷の他の家々から随分離れた場所にあったし、構えも大きかった。さらに龍稜や祈社の殿舎、左宮右宮の曹司に比べれば低いが、高床に造られ簀子縁も巡らせてあるので、格式は高い。邸の周囲には低い板塀も巡らせてあるが、これは内側も外も、雑草に覆《おお》われているので一続きのように見えた。

雑草は、粒のように小さな黄や白や、水色の花をつけている。濃い緑の雑草のなかにある邸だが、荒れ果てた感がない。人が住んで手を入れているのがわかるが、人影はなく気配もない。ただ、枢戸は全《すべ》て開け放たれていた。

殿舎は一つ。東側に厩《うまや》とおぼしき小さな小屋はあるが、それだけだ。

左の大臣——どころか、大首や首、郷長《ごうのおさ》の邸に比べても質素だった。

戸数五百規模の郷をまとめる郷長の邸であれば、何棟かが集まった邸の周囲に板塀を巡らせ、二本柱の門がついているのが常だ。

この邸には門すらない。

「門は」

と思わずのように言った馬木の声が聞こえたのか、下官がふり返った。

「ありません。正面の板塀の切れ目から入れば良い、ということになっています」

言われてみれば、そちらの方へ向けて獣道のように雑草の中を通る細い道がある。

馬を邸の庭に乗り入れたが、誰も出てこない。

下官が馬をおり、三段しかない正面の階《きざはし》をあがって母屋《もや》へ入っていく。馬をおりた日織たちは、ただ驚いてあたりを見回すばかりだった。

不意に、馬木と鳥手たちが身構え、厩の方へ鋭い視線を向けた。

厩の背後から人影が現れた。顔を伏せ、手に桶《おけ》をさげていたその人は、庭が見える位置まで来ると馬の気配に気づいたらしく、驚いたように立ちどまって目をあげた。

「……皇尊？」

と、その人が半信半疑に、問うように呟《つぶや》いた。そのとき、

「申し訳ありません。左の大臣のお姿が見えず、おそらく外へ」

言いながら母屋から出てきた下官は、厩の側にいるその人を見つけて「あっ」と声をあげた。

「左の大臣」

丈短の麻衣と脹脛《ふくらはぎ》までの綿の袴《はかま》を身につけ、水を満たした桶を手にしているその人は、小勢乙名だった。左の大臣であるはずだが、今の乙名に比べれば、下官の方がよほど身なりは良かった。

（大殿でわたしの前に座っていた男と、これが同じ男か）

険しい表情で石のように静かに、暗い色の衣を身にまとって座っていた男と、じりじ

りと焦《こ》げるような夏の日射《ひざ》しに顔をしかめつつ、額に汗を滲《にじ》ませて桶を手にする男が、同じ人物と思えなかった。

大殿での乙名は、口の立つ狡猾《こうかつ》そうな男と見えた。しかし今手ずから桶を運び額に汗している姿は、へそ曲がりで口うるさそうな感はあるが、普通の男だ。

顔つきも表情も変わらない。しかし彼の住む場所や身なりなど、生活の一端がまとわりつくことで、同じ顔つきや表情が違ったものに見えるのだ。

「これは何事だ」

乙名が下官に鋭い一瞥《いちべつ》をくれると、彼は大慌てで階を駆けおりる。

「事前に触れもなく申し訳ありません。皇尊が左の大臣にお会いになりたいとのことで、宮内上に命じられて案内をいたしました」

膝をついた下官を見下ろし、「わかった。立て」とだけ応えると、その場に桶を置き、乙名はこちらにやってきた。日織の前に来ると膝をつこうとするので、制した。

「良い。膝をつく必要はない」

無表情に礼だけをとって、乙名は顔をあげる。

「おまえに会いに来た。話がしたい」

「わたしは左の大臣の職を辞し、もはや地大神《ちのおおかみ》の信徒の一人にすぎません。そのわたしに皇尊より、何のお話がありでしょうか」

「左の大臣の職を辞すことについては、まだ許していない」

「いずれは、お許しをいただけましょう。では、ご足労頂き申し訳ありませんが、お引き取りを」

再び礼をとり、きびすを返し、歩き出す。その背中は、日織の全てを拒絶している。会話などまともにできるはずはない。

（行かせてはならぬ！）

馬の鞍に手を伸ばし、そこに括《くく》られていた護り刀を解いて握った。巻いていた白布を投げ捨て、白杉《しらすぎ》の鞘から刀身を抜くと、日織は駆けた。馬木が顔色を変えた。

「皇尊《すめらみこと》！」

切迫した声に乙名がふり向くのと、日織が、手にした白刃《はくじん》を乙名の胸に突きつけるのが同時だった。乙名が息を呑《の》み、一歩足を引く。

日織の素早さと思いがけない行動に、その場にいた者全てが動けないらしい。皇尊の乱心かと怯《おび》える色が、彼らの目にあった。

刃に日射しが鈍くはじかれている。

「なにをなさるおつもりか、皇尊」

乙名が囁くような声で問う。

「話をせよ、わたしと」

乙名の衣に触れるか触れぬか、ぎりぎりに切っ先を突きつけながら言い、懐から文を取り出す。それを片手で広げて見せる。

「まず、訊《き》く。これはおまえの手跡か」

日射しに目をすがめながら、乙名は文を見つめた。

「わたしの手跡に似せておりますが、違いますな」

日織は乙名の表情を注視し、自分に言い聞かせた。

（注意深く見よ。この男の目の色、挙措、声音）

ぎりぎりに神経が引き絞られるような緊張を覚える。脳裏には「暴君」という悠花の言葉が微かに響く。あのときの悠花との会話を、日織は頭の中で反芻《はんすう》していた。

（悠花はわかっていたのかもしれない。だから）

静かに問う。

「これを書いた覚えはないか？」

「ありません」

そこで乙名は、まっすぐ日織を見た。

「なるほど、皇尊。わかりました。あなた様はこれをもって、わたしを断罪するつもりでいらっしゃったのか」

「謀反の罪だ。これは八虐の一つ。言い逃れできまい」

暴君、と、また自分の中で声が聞こえる。

「わたしがそれを書いたのであれば、でございましょう。わたしは書いておりません。しかしこう申しても、皇尊は信じてくださるまい。皇尊の一族の方々は、おしなべてそうであるように。あなた様もまた」

ひとつ息をつき、乙名が視線を足もとに向ける。

「覚悟はできていると見える！」

声を張り、刃を振りかぶった。

――暴君！

その瞬間、言葉が日織の中に大きく、痛いほどに響いた。

□□□

「まさか」

悠花は絶句した。知らせを持ってきた杣屋も、悲痛な表情だ。

「わたしも、莫迦《ばか》げた噂《うわさ》と当初は思っておりましたが」

「日織がそんなことを？」

鏡を前に化粧を終えた悠花は、髪に飾る釵子《さいし》を玉櫛笥《たまくしげ》から選んでいるところだった。

芙蓉《ふよう》を模した銀《しろがね》の釵子に手を触れて物思いに沈んでいると、杣屋が暗い顔をして、知らせたのだ。

左の大臣が、皇尊の手により断罪された――と。

公《おおやけ》に宣布があったわけではなかったが、数日前からその血なまぐさい噂はあったらしい。しかし当初誰もが本気にしなかった。神に最も近い場所にある皇尊が手を血で穢したとは、信じがたかったのだ。

龍稜の大殿を血で穢してすら、八虐を犯したことになるのだ。皇尊自身が血の穢れを負うなどということは、誰しも想像できない。

しかし――。

小勢乙名の消息が途絶えたと、左宮の官吏たちが騒ぎ出した。重臣たちも乙名の姿を見ていない。その事実から、龍稜や祈社、左宮右宮に、じわじわと不安が広がっていた。

日織が自らの手を穢したとは、信じたくなかった。

悠花が日織を「暴君になる」と告げた翌日から、彼女は西殿《にしどの》に来なくなった。気が落ち着けば顔を見せるだろうと思っていたのだが。

「日織は？　東殿に帰っている？　ことの真相は直接日織に訊けば良いだろう」

そうでございますねと応じ、杣屋は急いで立って行ったが、程なく落胆した表情で帰ってきた。

「皇尊はここ数日、龍稜にお戻りではないとのことです」

「どこへ？　空露には訊いたか？」

「空露殿のお姿も見えないと、采女たちは申しております。皇尊がどこにおいでなのか、誰も知らぬ様子で……尋常のことではございません」

　悠花は目を閉じる。

（日織。どこにいるんだ、あなたは。そして何をした。何をしようとしている）

# 二章　狡知《こうち》と叡智《えいち》

## 一

ちょろりと、暗がりから茶の蜥蜴《とかげ》が出てきた。結び燈台《とうだい》の灯りの届く範囲まで、身をくねらせてぺたぺたっと進むが、不意に動きを止める。暫《しば》し、気を失ったかのように動かなかったそれは、また唐突に身をくねらせ暗がりへ消えた。

挟軾《きょうしょく》に肘《ひじ》をつき、日《ひ》織《おり》はそれを眺めていた。

日はすっかり暮れていた。開いた枢戸《くるるど》の向こうは、己の指先すら見えない闇《やみ》だ。暴力的なまでの、日中の叩《たた》きつけるような暑さは消えたが、熱せられた游気《ゆうき》は冷めず、吹く風もぬるかった。

小川のせせらぎが、唯一《ゆいいつ》涼を感じさせる。雑草のはびこる庭で蛙《かえる》が鳴き始めていた。

結び燈台は一つのみ、小さな灯がともっていた。母屋《もや》が広いので、それだけではあまりにも暗い。

静かでもの寂しいそこは、小勢乙名《こせのおとな》の邸《やしき》だ。

乙名を断罪するために龍稜《りゅうりょう》を出た日から、数えて五日目だった。日織はずっとここにいた。すぐに空露《うつつゆ》も呼び寄せたが、ここに来るのを、誰にも気取られぬようにしろと命じていた。不審を覚えたはずだが、彼は従ってくれた。

龍稜では、さざ波のような動揺が起こっているだろう。日織が乙名を断罪したという噂《うわさ》は確実に広まっているはずだし、その真偽を確かめようにも日織の姿がないのだから――。

乙名とここで向き合ったあの日の翌日から、日織は淡々と静かに、ある策を巡らしはじめていた。

悠花《はるはな》に、日織の側《そば》にいても良いと思ってもらいたい。そのためには皇尊《すめらみこと》としてしっかりと立たねばならない。

足もとを固めて立つために、策が必要だった。

まず祈社《きしゃ》の代祇《だいぎ》の一人を選び、白杉《しらすぎ》の箱を抱えて逆封洲《さかのほうしゅう》へと急ぎ向かわせた。数人の鳥手《とりて》を護衛としてつけ、代祇は二日後には逆封洲の国府――都である来須居《くるすい》に入ったはずだった。

白杉の箱には日織からの書札《しょさつ》が入っていた。代祇には、書札に対する返答を逆封洲国《こく》主《しゅ》からもらい受けて帰国するようにと厳命した。

代祇は帰ってくる気配がない。

「お申しつけの通りに、例の男を連れて参りました、皇尊」

暗がりから鳥手の声がした。その方向を見やると、開いた枢戸の外側に、膝《ひざ》をつく男の影がある。

「通せ」

命じるとすぐに、ずんぐりとした短軀《たんく》の男が入ってきた。商人の東二《とうに》だった。愛想良く笑顔ではあったが、目には警戒の色がある。日織の前にひれ伏し礼をとった東二に、

「顔をあげよ」と命じる。

「お招きに応じて参じましたが、いやはや……」

額の汗を拭《ふ》きながら顔をあげた東二は、ばつが悪そうだった。彼は派手な虎《とら》模様が刺《し》繡《しゅう》された絹の大衣《おおきぬ》と、おろしたてらしい、つやつやの袴《はかま》を身につけた立派な身なりだった。皇尊の招きに応じるため衣装を着替えたのだろうが、残念なことにこの場にそぐわなかった。

日織は動きやすい細身の衣と袴姿で、髪に飾った芙蓉《ふよう》もしおれてしまったので、抜き取っていた。髪には一つ、木の葉を模した銀《しろがね》の釵子《さいし》が挿してあるのみ。

東二の方が、日織よりも豪奢《ごうしゃ》な身なりだ。ははっと笑った彼は、蜘蛛《くも》の巣のかかった

梁《はり》を見あげて、再び日織に顔を向ける。

「なんとも、風雅な邸でございますなぁ、皇尊」

鷹揚《おうよう》に構えているが、不審を抱いているのは目の色でわかった。皇尊がなぜこのような場所にいるのか、不可解で当然だ。

「訊《き》きたいことがあって、来てもらった。急に、悪いことをした」

軽口を遮るように言うと、東二は機敏に応じる。

「いえいえ。今か今かと待っておりましたので、飛んで参りました。お訊きになりたいことがあれば、何なりとお答えいたします」

「では、東二。そなたの目的をまず訊いておこう」

「は？　目的」

「そなたは、有間《ありま》とわたしの文のやりとりに手を貸した。さらにこうして呼び出しに応じ、何なりと答えるという。しかし、商人が利益もなく動きはしまい」

口の端を、東二はつりあげた。

「そのあたりをご理解くださっているならば、話が早うございます、皇尊。わたしは、あなた様に恩を売りに参りました。それを買って頂きとうございます。ちなみに伴《とも》有間様は、せいぜい自分に恩を売れと申されました。大きくして返してやると」

「どのようなものを見返りに望むのだ」

用心しながら問う日織に、東二は笑った顔のまま答えた。

「決めてはおりません。これはという時、思ったことがあれば、貸したものを返してくだされと申します」

「それで良いのか」

「それだからこそ、良いのです」

東二の目に強い光が見える。

「これこれをくだされ、これこれをやろうと、そんな約束をしてもらっても、一時のこと。それで終わっては下手な商売です。商売は長続きしてこそ、益も膨らむ。わたしはまず恩を売り、そのお返しはあとから必要な時に必要な分だけ頂くのが上策と考えます。そうすると、またちょこちょこと恩を売れ、またちょこちょことお返しをいただける。どかんと一度大きなものを頂くよりも、長い目で見ればそちらの方が利益が大きいのです。ただしこれには、相手様がわたしの恩を踏み倒さないという、信頼がなければなりませんが」

「龍《たつ》ノ原《はら》を——わたしを信頼するのか？　会ったばかりだが」

「伴有間様の国でのなさりようで、わたしはあのお方は信頼できると判断しております。そしてその有間様がわざわざ文を送るほどのお方なら、信頼しても良いとは思っております。が、これも商売の怖いところ。信用した結果踏み倒されることなど、しばしば。

かといって信用しなければ始まらない商売もあるので、吾《われ》ら商人は損込みの覚悟で信頼するのです」

「いくら恩があったとて、無茶な要求はのまぬぞ」

釘《くぎ》を刺すが、東二は当然とばかり大きく頷《うなず》く。

「無茶な要求をするのは下手な商人です。相手が気持ちよくのめる、ぎりぎりを見極めて要求するのが良い商人。そうでなければ商売は続きません。自分で言うのも口幅ったいですが、わたしは良い商人です」

お互いが無理のない範囲で利益を与えあうために、ゆるい約束を交わすようなものだろう。その約束の証《あかし》として、まず東二は文を届け、さらに何なりと質問には答えようとしているのだ。

東二は、根っからの商人かもしれない。商いというものの、確固たる信念がある。

「この男の恩を買う価値はあると思うか？」

挟軾に寄りかかったまま、日織は背後の暗闇に問う。

「買うが得策かと」

人の気配すらなかった暗闇から応《いら》えがある。東二は闇を見透かそうとするように目をすがめたが、見えるのは暗闇ばかりだろう。

「訊きたいのは、附孝洲《ふのこうしゅう》に身を寄せている不《ふ》津王《つのおおきみ》のことだ、東二。このところ何か噂はないか」

問うと、東二ははっとしたように日織に視線を移す。その小さな目がすぼまって険しくなった。

「そうですな。妙な動きをされております。反封洲《たんのほうしゅう》国主に書札を授けられましたぞ。それには、龍ノ原におわす皇尊は、間違って御位《みくらい》に即《つ》いた過誤の皇尊であり、不津王こそが正しき皇尊となるべき者であると書かれているそうです」

日織は、思わずその不快な単語を繰り返していた。

「過誤の皇尊――？　わたしが？　そしてなぜそれを、反封洲国主に送る」

「有間様は皇尊の書札を授かっておられる。その書札の力を消すためです。皇尊の権威を貶《おとし》めれば書札の力は失われる。それを考えついて不津王にもちかけたのが、有間様の弟、透谷《とうこく》様のようです。おそらく透谷様は不津王に何らかの見返りを約束して、書札を頂いたはずです。その見返りとはなんなのか、わかりませんが。おおよそ不津王が立たれた時には力を貸す、兵《つわもの》を貸すと、そんな約束でしょう。附孝洲国主は、不津王に兵を貸し、彼《か》の方を皇尊の御位に即ける腹づもりの様子ですから。これは附孝洲に鉱石を運んでおります商売仲間が、国主の家人《けにん》から聞いたそうです」

やはり、不津が立つという噂が各洲に広がるだけの事実があったのだ。

不津が他国の国主に書札を送り、己こそが正しき皇尊であり、日織が過誤の皇尊であると宣言している事実に、全身が冷えた。

「有間の……反封洲の今の様子は伝え聞いているか？」

問うと、東二は軽く首を横にふる。

「有間様の預かる奥瀬《おくせ》柵《さく》に、不津王の書札を掲げた弟君たちの軍団が押し寄せ、柵が焼け落ちたとは聞きましたが」

「柵が?!　それで有間はどうなった」

「柵が焼け落ちたのは確からしいのですが、それでも有間様の勝利であり、弟君たちが二人とも亡《な》くなられたと聞きました。ただ有間様が大切に護《まも》られていた柵が焼けたとなれば、状況は未《いま》だ混乱しておりましょう」

東二が言うように、勝ったとしても拠《よ》り所《どころ》としていた柵が焼けたとなれば、有間は後戻りのできないところまできており、配下や自らの命を盾にして突き進むしかない状況に違いない。

眉《まゆ》をひそめ、己の中にふくれる不安や恐怖心をこらえた。

友たる男は未だ困難の中にあり、さらに日織もまた、吾知らず、有間と同じような困難の中に立たされているのかもしれない。

確実に不津は動いているのだ。

そして近いうちに必ず、皇尊の御位を求めて立つ。

間違いない。

そうなれば日織の命運はつきる。

逆封洲との約定《やくじょう》があれば、あるいは不津と対抗できるかもしれない。

しかし――。

暗がりで、ジジジッと虫が鳴く。

「東二。知っていたら、もう一つ別のことを訊きたい」

虫の声が聞こえた方向を、暗がりの中で正しく知ろうとするかのように、考えながら問う。

「逆封洲国主は元来、国主になれる立場ではなかった、というような経緯はないか？　有間のように」

「国主和気《わき》様の母君の遠音《とおね》様は、妾《みめ》ではありますが、先代国主様が最も寵愛《ちょうあい》された方。しかも御正妻に子がおられなかったために、誕生の時から次期国主として大切にされておられたと聞いておりますが」

「幼い頃から、優れていると噂があったか」

「三つで文字をすらすらと書かれ、四つで『古央記《こおうき》』を読み、五つで算学を修められたと、たいそうな評判は流れていましたが」

「……そうか」

日織の中で、様々なものが繋《つな》がっていく。

「乙名を断罪したのも無駄ではなかった」

思わず呟《つぶや》くと、暗闇から忍び笑いがした。東二は首を傾《かし》げる。

「断罪と？　どなたかを裁かれましたのか、皇尊」

「そなたは知る必要のないこと。ただ、働きには感謝する。明日にでも、そなたに衣を届けさせよう。そなたの働きの対価ではなく、わたしの気持ちだ」

「龍ノ原の衣とは。畏《おそ》れおおい」

深々と礼をとった東二に「ご苦労だった」と退出を促すと、彼は鳥手に導かれて枢戸の向こうの闇へ出て行った。

　ふっと、日織は息をつく。

（まだか。まだ代祇は戻らぬか。そろそろ戻っても良い頃だろう）

　この邸にとどまって、随分と時を無駄にしている気がする。何日も悠花の顔を見ていないのが、寂しい。

　八つ当たりめいたことをして以降、会えていないのが気がかりだった。

　聡明《そうめい》な悠花は、あのときの日織の無様さを厭《いと》わしいと思っているかもしれない。そうであれば、すぐにでも、何度でも、謝りたい。

　早く悠花に会いたい。しかし――動けない。皇尊である日織には、なすべきことがあるのだ。

「皇尊」

馬木《まぎ》が、枢戸の外に姿を見せて膝をつく。

「代祇が戻ったか？」

「いえ。まだ戻りませんが」

日織が落胆しかける前に、馬木が続ける。

「戻ったのは鳥手です。追った末に、こちらに戻ったとのことです」

「鳥手が？」

「はい」

「……そうか」

吾知らずに笑みを浮かべていた。

「そうか。やっと動ける」

翌朝、日織は空露に命じて身なりを整えさせると、乙名の邸を出た。
そして——先触れもなく、遠音を訪ねた。

「まあ、皇尊」

客殿の門前で馬をおりた日織に、遠音が膝をつこうとしたので制止した。

「そのままで良い、遠音。急に驚かせたな」

「いいえ」

礼をとった後に、顔をあげた遠音は柔らかく微笑《ほほえ》む。日織はやはり、その笑顔に姉の面影を重ねてしまう。

門前に馬をつけた日織は、まず同行した空露に門を潜《くぐ》らせ、来訪を知らせた。すぐに遠音が、逆封洲から連れてきたらしい女丁と、家人らしき兵数人を従えて出てきたのだ。

「お顔の色が優れませんわ、皇尊。体調はようございますの？　左《さ》の大臣《おとど》が皇尊の御手で断罪されたと。そのような噂が、客殿にいても聞こえてきました」

心配そうな色を浮かべる遠音に、日織は薄く笑みを返す。

「全《すべ》てすんだ。それよりも、足止めさせてしまったが、今日、あなたに約定についての返事ができる。そのために来た」

告げると、遠音の顔が急に晴れやかになった。

「まあ。どんなことを聞かせて頂けるのでしょうか」

客殿は前後に三棟が連なっており、門に正対した棟が公《おおやけ》の場とされていた。そこに案内しようと歩き出した遠音の背中に問う。

「遠音。ここの庭は糊空木《のりうつぎ》が美しいと聞いているんだ。どうだ？　わたしは客殿に入ったことがないから知らないのだが」

「ええ、客殿の西側が見事です。目を楽しませてくれています」

「それを見たい、案内してくれるか」

「皇尊のお住まいの一部たる左宮《さのみや》ですのに、わたくしがご案内してよろしいのですか」

ころころ笑うので、日織も微笑み返す。

「うん。頼む」

日織の背後には、暑さ避《よ》けの布をかぶった鳥手が一人従っている。

客殿を回り込むと裏庭になっていた。

左宮の曹司《ぞうし》群との境になっている板塀に沿うように、糊空木が並んでいる。板塀が続く殺風景さを嫌ったらしく、糊空木は広範囲に植えられ、奥にある板塀が見えないほどだった。

日織の腰を超す背丈ですっくりと伸びる茎には、小さな花が集まり、ふっくらとした花の塊になっていた。あちらこちらに群れている小花の塊は、つい両手で包み込みたくなるような丸みがある。

ほとんどが白の花々だったが、中には、白と薄紅が混じり合ったような花もある。緑の園に、淡い色彩の花の群れが集っていた。

「これは美しい」

「はい。とても」

糊空木の中に踏み込むと、腰どころか、胸の前で花の群れが揺れている箇所も多くあった。花の迷宮めいている。強くなり始めた日射《ひざ》しが眩《まぶ》しく降り注ぎ、淡い花の色がよりくっきりと、緑のなかに際立《きわだ》つ。

日織とともに花の中に踏み込んだのは、遠音と、日織の背後を護る鳥手一人だけだった。空露や馬木、女丁たちは、花園の外で控えている。

「どうして糊空木を見たいなどと、急に仰《おつしや》ったんですか」

何気なくだろう、遠音が問う。

「見てみろと勧めてくれた者がいた。それに、多くの者に聞かせられない話をしなければならないから。ある人の秘密の話」

「秘密？　まあ、どきどきいたしますね。どなたの？」

足を止め、日織は遠音に向き直った。

「あなたの」

遠音は小首を傾げる。

「わたくしでございますか？」

日織は冷えた気持ちで、薄く微笑む。

「あなたは嘘《うそ》つきだ。しかも許しがたい策を弄《ろう》し、龍ノ原を乱そうとした」

「え？」

「馬木！」

鋭く呼ぶと、糊空木の園の周囲に二十近くの鳥手が馳《は》せ寄ってきた。取り囲まれて、遠音は胸の前に手を組み、おろおろと視線を泳がせた。

「これはなんでございますか、皇尊」

「遠音様！」

逆封洲の兵が異変に気づいたらしく裏庭に飛び出してきたが、その数は五人。しかも龍ノ原に入るにあたり、太刀は祈社に預けてあるので丸腰だ。

「逆封洲の者はこちらに近づくな！　近づけば遠音と同罪と見なし、捕縛する」

怯《おび》えの視線を泳がせながら、遠音は縋《すが》るように言う。

「どうなさいましたの？　皇尊。わたくしは嘘などついておりません。龍ノ原を乱そうなど、考えたこともありません。わたくしのような、ただの女が、そのような大それたことを考えるとお思いなのですか」

「そうか。ただの女、か。ときに、わたしの書札は読みとけたかな？」

一瞬だけわずかに、遠音の瞳《ひとみ》が左右に揺れた。

（動揺したな）

それを見逃さずにいられたのは、助言があったからだ。

――書札の件を告げた時、遠音の目をよく見ておいてください。動揺すれば必ず、瞳が動きます。表情は取り繕えても、目は時に正直です。

その人は、そう教えてくれていた。

「書札とは、なんのことでございましょう？」

「数日前に代祇に命じて届けさせた、わたしが逆封洲国主に宛《あ》てた書札だ。その返事をもらってくるようにと代祇には命じてあるが――その者は未だ帰国しない。逆封洲国主からの返事を頂けていないらしい。当然だな。わたしの書札はおそらく今、逆封洲国主のもとにない。きっとあなたが持っているのだろう、遠音」

「……え？」

遠音は困ったような微笑みを浮かべる。

「何のことを仰っているのか、わかりません」

「わたしの書札は、読んでも意味がわからなかったはずだ。支離滅裂なことを書いたから、逆封洲国主はさぞ困惑したろう。今、龍ノ原にはあなたがいる。帰国も、わたしに引き留められて予定より遅れている。これはもしや、龍ノ原で何事かがあった結果なのではないかと、当然考えた。そこで逆封洲国主はわたしの書札の意味を問うために、あなたに書札をそのまま送った」

「皇尊の書札が、和気からわたくしに？　そんなことは、けして」

「わたしが送った書札には、払邪香《ふつじゃこう》を濃く焚《た》きしめていた。それを持っていれば、傍らを通ると香りがするほどだ」

　払邪香は場を清めるために用いられる香で、調合は祈社で行われ、使えるのは皇尊の居所でのみ。重臣とて手にすることはない。二つとない香りだ。

「わたしの書札が逆封洲国主に届けられたその日のうちに、払邪香の香りをさせた使者が、国主の城から龍ノ原に向かった。代祇につけた護衛の幾人かには、わたしの文の行方を追えと命じてあったので、彼らが使者を追跡した結果――この左宮の客殿に使者が入ったのを見届けている」

　日織は、隣にあった薄紅の小花に触れながら、遠音に流し目をくれる。

「龍ノ原でなにかあっただろうと予想しても、本来ならば『何が起こっている』と報告を求めて人を遣わすだろう。しかし書札そのものを送るとは、まるでお伺いを立てるようだ。書札に返答を書くべき人に」

　遠音は驚いたような顔のままだ。常に計算ずくでふるまう人が、次にとるべき表情を決められずにいるような――。

「逆封洲が龍ノ原に約定をもちかけたのは、尊崇の念などというものではないだろう。

新たに皇尊が立った。しかも歴代なかった女の皇尊。反封洲の長子を厚遇したという話もあり、御しやすい皇尊と思われたのだろうな。不津が立つという噂もある。これを利用し丸め込めば、今までなかった利権が得られるやもしれないと、そう考えた。そして女の皇尊だ。女だというだけで、政《まつりごと》の場では周囲が戸惑い孤立しがちだろう。同じ女のおまえが近づけば気を許す。そう考えたのだな。おなじく女の身で、国を統治する者として——遠音」

風が吹き、糊空木の堅い葉と茎がこすれあってざやざやと騒ぐ。

「真実、逆封洲を動かしているのはあなたなのだろう。末《すえの》和気は飾り。もしくは、あなたが抑え込んでいる。違うか？」

くるりと、突然、遠音は笑顔になった。

「……まあ。まあ、なんということを仰ります。和気を飾りなどと。わたくしのような一介の商人の娘が、国王を抑え込み国を動かすなどと」

遠音は、莫迦莫迦《ばかばか》しいというように声を立てて笑ったが、その笑いが治まると、しんとした緊張が漲《みなぎ》った。

日織は遠音の瞳の動きを見る。

「わたしは逆封洲の商人に会った。随分な知恵者だった。あのような商人たちの向こうを、果たして十四歳の子どもがはれるのか」

「商人は賢《さか》しい者です。だからこそ和気のような、幼い頃より優れた才の者がうまく利用できるのです。和気は、ようよう喋《しゃべ》れるか喋れないかの頃から、他にない才を見せておりました」

「おそらく、それは本当なのだろう。並外れた知力のある方なのだろうが、それだけでは商人を御せまい。商人と会って感じたのは、狡賢《ずるがしこ》さだ。踏んだ場数と度胸と、いかに多くの者と交わったかで育つような――狡知《こうち》。対して、大切に育てられた才人は、あらゆる書や博士に学び、考えを深くし、賢くなるだろう。それは叡智《えいち》。二つは似て非なるものだ。国主として大切に育てられた方、しかもたった十四歳。生まれながらの才があれば叡智は育つかもしれない。しかし、狡知は育つだろうか」

末和気が十一歳で国主となって、たった三年で国を潤《うるお》したと聞いたとき、御伽噺《おとぎばなし》めいていると感じた。しかしそんなことはない、とは言いきれない。条件さえそろえば、あり得るかもしれない。

ただ――果たして、末和気にその条件がそろっているのか。

風に揺れる花に日射しが乱され、遠音の周囲の明るさがうつろう。その彼女の顔から表情が消えた。

「しかしあなたは、商人の娘。一介の商人の娘が国主の目にとまるのには、どれほどの偶然が必要か？　しかしもし偶然ではなく、それを必然にする狡知があれば、一介の商人の娘も国主の妾となり、国母となれるかもしれないな？」

遠音は物慣れない様子で日織の前に現れたが、そのとき、年齢を問うた日織に「女に年を問うのか」と切り返した。

本当に物慣れない者は、とっさにあんな切り返しはできないだろう。

物慣れなさを演じていたのだ。

さらに日織が自分の妹と同じくらいの年だと告げ、親しみをもたせるような話までした。おそらく日織が、遊子《ゆうし》だった亡き姉を今でも慕っているという噂話でも耳にしたのだろう。

そして賀意を述べるあの場で、いかにも含みのありそうな言葉を口にし、日織が気にするのを期待し——見事に、日織から呼び出された。もし呼び出しがなければ、また他の手を打つつもりだったのだろう。

日織が訪ねた際、客殿に滞在する遠音のもとに書札が届けられていたが、それも考えれば奇妙な話で、いくら城の内郭をとりしきる立場とは言え、そこまで急いで遠音に伺いをたてるというのも不自然だ。龍ノ原にまで書札を送って意見を訊かなければならないほどに、遠音は重要な立場にいる。

遠音に会う度に微《かす》かに覚えた違和感は、そうしたものが日織の心に引っかかり続けていたからだ。

「国璽《こくじ》を思いついたのも、あなたが陰で国主の役割を果たすのに好都合だからなのだろう。国主のみしか書けぬ押字《おうじ》では、面倒だ。国璽があればあなたはいくらでも、好きに書札を書けるし、令も出せる。逆封洲国主からの賀意を述べる書札の文字が、不自然なほどに整っているのも、模倣しやすくするためにそのような書き方を国主にもさせているのだろう。無論、自分でも書くだろうが」

全ては、断片的で微かな違和感だ。本来であれば気づけなかったはず。

泣き出しそうなほどに眉をさげ、遠音は哀《かな》しげな顔をした。

「そこまでわかっていらっしゃるなら、もう隠しません。正直に申します。仰るとおり、三年前に国主となった和気に助言をしております。ただこのことを伏せていたのは、皇尊であればご理解頂けると思います。生まれは貧しい商人、しかも女のわたくしが政に関わるのを、快く思わない者が多くおります。それは家人にも、民にも。ですからわたくしは、けして表に出ないように気をつけていたのです。でも、これを嘘と言われるのはあまりにも辛《つら》いお言葉。致し方なく伏せておりますのに」

遠音の言うとおり、商人の娘であった女が政に口を出せば、反発が生まれるのは必定だろう。

しかし遠音は果たしてそれだけの理由で、自分の役割を隠し続けているのだろうか。吾《わ》が子を国主にし、その隠れ蓑《みの》を好都合と考えてはいないだろうか。そんな気がしてならないのは、遠音が自身で龍ノ原に乗り込んできたからだ。

「なぜ、あなた自身が龍ノ原に使者としてきたのだろうか。それほど大切な役割を陰で担《にな》っているというのに」

「わたくしは、皇尊にお目にかかりたかったのでございます。わたくしと同じく——と、は畏れおおいですが、女の身で政に関わるお方に。女というだけで、困難は大きかろうと思います。だからお力になりたいと」

「困難は確かに大きいが、しかしわたしは、女だから困難にあっているという気はしない。自分が人として至らないからだ。そして」

鋭く、日織は遠音を睨《ね》めつけた。

「また、嘘をついたな」

「わたくしが、どのような嘘を申したと」

「あなたが自ら来たのは、龍ノ原と約定を結ぶのを重要だと考えているからだ。他人にまかせず自ら乗り出した。自分が女である利点も生かそうと」

「約定は大切だと思っております。当然でございましょう。皇尊をお助けするために必要なことなので」

「そこが嘘だ。『同じ女だから助けたい』などという莫迦げた理由で、利益にもならぬ約定は結ぶまい。利にさとい者ならば、特に」

「いいえ。わたくしどもはけして、見返りを求めません。ただ不津王が附孝洲の後ろだてで立たれた時に、お力を貸すのみの約定をと」

「それが目的だな」

この期《ご》におよんで、遠音はまだ日織を丸め込める可能性を捨てていない。

不快だった。

八洲《はっしゅう》の事情に疎《うと》い龍ノ原の皇尊の一族で、しかも歴代なかった女の皇尊だと、よくよく日織を侮《あなど》っているのだろうか。同じ女だからこそ、自分の他はこの程度であろうと侮るのか。

「力を貸すと称して、大手を振って龍ノ原に兵を入れられる。それが逆封洲にとってのうまみだ。龍ノ原は五洲に通じる通り道なのだから」

龍ノ原は五洲と接する。ゆえに、重要な通路になり得る。

龍ノ原は、五洲にとって開くことのなかった――門なのだ。

# 二

「あなたは是が非にでも、それが欲しかった。通り道ができれば、それは便利だろう。隣国との関係上、今まで海を迂回《うかい》するしかなかった国と、陸続きで荷の受け渡しができる。あるいは他国の虚を突いて、兵を進めて土地を奪うこともできる。逆封洲がそのようにふるまえば、他国は龍ノ原を恨み、侵し、均衡が崩れ、龍ノ原は蹂躙《じゅうりん》されることになる」

「そんなことは考えておりません。吾らは心より龍ノ原を護りたい真心で」

「真心ある者が、護りたい国の皇尊を謀《たばか》り、重臣を陥《おとしい》れるのか？　そのような嘘ばかり、もう聞きたくもない」

　遠音の言葉を遮り、日織は続ける。

「まんまとわたしは、逆封洲との約定を望むように仕向けられた。わたしが約定を望んでいると口にして、重臣たちに反対されていると愚痴った時には、笑いが止まらなかっただろう。吾がことながら恥ずかしい」

　抑え続けていた怒りが、じわりと熱を発する。

「あなたは約定を結ばせるために、わたしを御する重臣を陥れることを思いついた。目をつけたのが乙名だ。新しく左の大臣となったばかりで、わたしとの不和もあなたは知っている。不津王とも関わりがある。裏切る条件がそろっている、うってつけの者だ。彼の手跡を手に入れるのも、たやすい。おまえの滞在する客殿は、左宮と接している。身軽な者が忍び込み、乙名の手跡のある料紙を盗めば良いだけだ」

呻《うめ》くように、さらに続けた。

「あなたがわたしに届けた、乙名から不津への文は、あなたが作ったものだ。偽《にせ》の文だ。それをしてわたしを踊らせ、乙名を断罪させようとした。そして——わたしはそれにも乗せられた」

嚙《か》みしめた奥歯が鈍く音をたてる。自らを声を限りに罵《ののし》りたいほどに、あまりにも自分が恥ずかしかった。

「いいえ、いいえ。そんな哀しいことを仰らないで。誤解です。あの文は本物です」

「侮るな。もう、全てわかっている。文一枚のこととはいえ、わたしを謀り、重臣の命を狙《ねら》ったのに等しい罪を犯したあなたを、龍ノ原が許せると思うか」

日織の怒りに触発されたように、周囲の鳥手がじりじりと動く。

その外側にいる逆封洲の兵たちに向けても、別の鳥手が構えている。

遠音の顔からようやく、表情が消えた。真っ白い料紙を見つめるような感情の読めない顔が現れ、それが本来の彼女らしい顔なのだろうと思えた。

　宇預《うよ》に似ていると思った柔らかな笑みは、彼女の策略。亡くした姉媛《あねひめ》を日織が慕い続けていることも、遠音は知って利用したのだ。優しくおおらかな姉らしくふるまい、日織を操ろうとした。

（この女は、なにからなにまで作り物だ）

　厭わしかった。

「あの文は本物です」

「まだ言うか」

「偽物と証明することはできません。亡くなられた左の大臣が、『わたしはそれを書いた覚えがない』と証言されますか？　もしできたとしても、それが信頼に足る証言だと言えますか」

「乙名がそれを書いていないと言えば、今は信じられる。あれは偽物だ」

　不意に、遠音の顔から表情が消えた。わずかな沈黙の後、彼女は口を開いた。

「もしそうだったとしても、そうでなくとも――、左の大臣を手にかけたのはあなた様ですよ？」

　遠音の声はぞっとするほど平板だった。

「それは、あなた様の罪です。わたくしがなにをしようがしまいが、結局手を穢《けが》されたのはあなた様。あなた様は罪がないかもしれない者を断罪した責任を、人になすりつけたいだけじゃございませんか」

そこで、くすっと暗く笑う。

「己の愚かさを、他者に転嫁《てんか》するのはさらに愚か。そうは思いませんか？」

「詭弁《きべん》」

石のような男の声が、遠音の論を切り落とす。

日織の背後に控えていた鳥手が、暑さ避けの布を頭から取り去り、険しい顔でひたと遠音を見据えた。

「あなたは今、騙した者の罪を論じずにはぐらかした。根本を遠ざけて枝葉《しよう》に論をそらす、それは詭弁」

あっと小さく声を出し、口を押さえた遠音の両手の指が震えている。

遠音は皇尊即位の賀意を伝えるために大殿《だいでん》にあがったとき、目の前の男の顔を見たはずだった。

「左の大臣……」

震える声で、遠音は呟く。

鳥手の衣を身につけ、日織の隣に並んだ小勢乙名は、周囲の音も熱も吸い取るような静かな目で遠音を見つめた。

「わたしはあの文を書いていない。あれは何者かの手による偽の文。皇尊にそれを渡した者こそが、それを作った者だろう」

「どうして……左の大臣は断罪されたと……」

目を見開いている遠音に、日織は微かに笑った。

「断罪する前に、気づいた。あなたのもたらした文が、偽物である可能性にな」

自らの手を穢して乙名を断罪しようと覚悟し、日織は左宮に向かおうとしたが——、そのとき乙名は左宮の邸に住んでいないと伝えられたのだ。公には左宮に居があるとされているので、日織すら知らないことだった。知っていたのは左宮に勤める官吏、その中でも左の大臣に直接接する者たちだけだったろう。

当然ながら遠音も、左の大臣は左宮の邸に住んでいると信じていた。逆封洲からやってきた者たちが、日織すら知らない事実を突き止め得るとは思えない。だからこそ彼女は、偽の文を手に入れた経緯を、左宮に出入りした附孝洲の兵から奪い取ったと語ったのだ。

それが、吾知らず犯した遠音の失敗だった。

左宮の外の邸に住んでいるならば、附孝洲の兵をわざわざ左宮に呼び寄せる必要はない。あのもの寂しい、里《り》から離れた人目のない邸に呼べば良いはず。

乙名の邸が別にあると聞いたあのとき、日織は初めて遠音を疑った。

疑いはじめると、今まで気にとめなかった薄い違和感が次々に浮かび、それらを結びつけていくと、遠音という女の正体がうっすらと見える気がしたのだ。

護り刀を乙名に突きつけて詰問《きつもん》したそのとき、いくら日織が興奮した様子を見せても、彼は臆《おく》することがなかった。信じてもらえずとも、けして己に恥じることはない。そう言いたげな彼の気概を目にした日織の脳裏に、悠花の告げた「暴君」という言葉がよみがえり、不審と怒りの狭間《はざま》で揺れていた日織は振りあげた刃《やいば》を降ろせたのだ。

そして——乙名に問うた。

どうして左宮の邸へ移らなかった、と。

乙名は「板塀で囲われた場所に住んでいたら、人の顔を見られなくなります」と迷わず応《こた》えた。「政に関わる者たちの顔ばかり見ていては、民の顔が見えなくなる。自分の周りが官吏ばかりになれば、それが民の顔なのだと錯覚しかねなくなります。わたしは官吏のために、左の大臣を務めるのを承知したわけではない。政は民のためにあってこそ」と。

この者は、有間と同じようなことを言うと思った。

なぜ国主になりたいかと問うた時、有間は迷わず、人が飢えない国にしたいからだと言った。

人——民だ。

日織は乙名に申し入れた。左の大臣を辞すというならば受け入れる。しかし今の時だけ、力を貸してくれまいかと。日織に手など貸したくもなかろうが、これは日織にとってではなく、龍ノ原にとって由々しき事態かも知れぬのだ、と。

乙名は受け入れた。

偽の文を手に入れた経緯を語り、遠音の目論見《もくろみ》を推し量り、乙名に意見を求めた。彼は、概《おおむ》ねその通りだろうと応じ、ともに策を廻《めぐ》らせたのだ。

「あの文は本物です。あの文は左の大臣が書いたものに違いないのです。わたくしは、嘘を言っていませんわ」

遠音が掠《かす》れ声で言う。この女はけして自分の謀略を認めまい。認めてしまえば、それは龍ノ原の政に介入し、あまつさえ重臣を陥れようとした大罪を認めることになるからだ。

それほどの大罪を犯したとすれば、たとえ国主が派遣した使者であれ、首を打たれて当然だ。国主の母だとしても、ただの使者として公に来ているのだから、忖度《そんたく》されることもない。

「わたくしは嘘を言っておりません。文は本物で、書いたのは左の大臣。吾々はただそれを、偶然手に入れただけ」

震える声を抑えようとしながら、遠音はまだ言う。その様に怖気《おぞけ》を覚える。

皇尊を謀り、政をかき乱し、遠音は貪欲《どんよく》に龍ノ原の門を開かせようとした。

（龍ノ原の地の利を、これほどに求めるのか）

龍ノ原が周囲五洲を繋げる位置にあることは、日織も理解していた。しかし龍ノ原の神性を侵すまいとする八洲の長年のありかたを知っているので、そんなことを考える国主はいないと無意識に思い込むところがあった。

しかし今、遠音の声を聞いていると、恐ろしさが足裏から這《は》い上がってくる。

地大神《ちのおおかみ》を鎮《しず》め、央大地《ひさしだいち》を護る皇尊があり、神の眷属《けんぞく》がいる国の、神性のみで龍ノ原は畏れられて保たれているのだ。それを意に介さない者が国主となったとき——何が起こるのか。

いや。起こるのか、ではない。

今目の前には、遠音がいる。

事実、陰の国主たる遠音は意に介していない。尊崇の念を口にしながら自国の利益のために、門を開かせにやってきたのだから、神性を踏みにじる国が出現しているということだ。

「鬼にでも憑《つ》かれたように見えますぞ、遠音殿」

乙名が言うと、遠音が金切り声をあげた。

「無礼な！」

日織は乙名をふり返る。

「鬼とは？　何の意味だ」

「龍ノ原にはありませんが、八洲には鬼という概念があります。恨み、苦しみ、哀しみ、怒り。ありとあらゆる暗い情念を抱いて死んだ者は、その情念を抱いたままに形もなく游気《ゆうき》の中を永劫《えいごう》に彷徨《さまよ》い続け、人に取り憑き、人に害をなす。そういうものを鬼と呼ぶと、八洲の者たちは申します」

強い日射しが、不意にかげったかのような冷たさを覚えた。

（鬼。八洲にはそのようなものが）

目に見えぬとも——逆に、目に見えぬからこそ恐ろしい、暗い情念を抱えた鬼というものたちが、八洲をさまよい歩いている。そしてそれに取り憑かれたような女が、ここにいるというのか。

日織という今までなかった女の皇尊が立ったことで、鬼たちは龍ノ原に手をかけ、身を乗り出し這い入ろうとしているのかもしれない。

「あまりにも無礼です。かりにもわたくしは、逆封洲《さかのほうしゅう》の使者。国主《こくしゅ》の母。そのわたくしに向かって、龍ノ原の左の大臣とて許されはしないでしょう」

「あなたのやったことも、許されはしない」

日織の言葉に、遠音は笑い声をあげた。

「いいえ、わたくしはなにもやっていませんもの。わたくしは一つとして、あなた方の憶測を認めていませんよ」

「認めたから罪を償ってもらった――と、そういう筋書きにはできるぞ。逆封洲国主には、そう伝えれば良い。死人は語れぬ。あなたもそう言ったな、遠音」

　びくりと遠音の肩が震えた。口を開こうとしたらしいが、歯の根が合わずそれは声にならなかったらしい。彼女の震えは続く。

「わたくしに手をかければ、そこにいる配下が許さないわ」

「配下もろとも、ということは考えないか？　鳥手《とりて》は強いぞ。そしてわたしが、残酷な嘘つきだろうとは考えないのか？」

　自分を囲む鳥手を見回し、その向こうで動く隙《すき》を見つけられない逆封洲の兵たちを見やり、遠音は日織に視線を戻す。

「殺しはしない」

　怯えの色を浮かべる遠音の目を見つめ、薄く微笑む。

「国と国との約定であれば、あなたという人を信頼できなくとも、逆封洲と約定を結べる可能性がある。あなたは実際国主のように権を振るっているかもしれないが、正式には末和気が国主だ。彼にどんな力があり、どんな考えの者なのかは、わからない。しかし国主の母君の命を奪えば、逆封洲との関係は決定的に断たれる。あなたの死で他国との関係を失うのは得策ではない」

侮蔑《ぶべつ》を込め、告げた。

「あなたの命には、他国との関係を断つほどの価値はない」

遠音が強く奥歯を噛みしめ、口元が醜く歪《ゆが》む。ここまで来てなお、こちらを睨めつける強靭《きょうじん》な心は、乙名が言うように鬼というものが取り憑いたゆえか。

「衛士《えじ》をこちらに向かわせているので、彼らがあなたたち一行を取り囲むはずだ。そのまま丁重に、逆路までお送り申しあげよう」

衛士をして囲わせて国境まで連行し、放つ。そのやり方は追放だった。

「去れ、龍ノ原から」

厳《おごそ》かに命じた。

「逆封洲国主には、改めて書札をお送りする。そして今度こそ、本物の国主の思いを伺おう」

きびすを返すと、遠音の視線を背中で断ち、群れる花の向こうへと日織は歩みを進めた。乙名がそれに従う。

背に感じる鬼の視線も、花に遮られ消えた。

乙名を従えて客殿の門を出ると、衛士の一団が到着したところだった。日織と乙名に遅れて門を出てきた空露が足を止め、「厳重に、丁重に、お送りせよ」と衛士らに告げていた。

(不津のみならず、八洲は龍ノ原を見つめているのだ)

僥倖《ぎょうこう》と思い、縋りたかった逆封洲との約定は甘い毒だった。それを口にすれば日織どころか、龍ノ原の在り方までも否応《いやおう》なく変えてしまうような。

毒を飲まずにすんだが、迫り来る者たちに対抗する薬はない。

(治世を護るために、わたしはどうすればいい)

安堵《あんど》よりも、不安と焦燥が大きい。

目の前に広がりそよぐ夏空の下の髭平《しのひら》へ、誘われるように歩み出していた。細い草葉が日織の手に触れ、撫《な》でていく。

「皇尊《すめらみこと》」

背後から乙名に呼ばれ、立ち止まりふり返った。日織についてきていたらしく、数歩離れたところに彼も立ち止まる。

「至らないわたしのために、力を貸してくれて感謝する、乙名」

数日来の緊張がとけてぼんやりしていて、乙名に礼を言うのをすっかり忘れていた。今更感謝を口にした。

「吾が身に疑いがかかっておりましたので、当然です」

石のように無表情な乙名を見つめた。

（悠花は、わたしから話を聞いただけで、わかったのだろう。だからわたしに、このままでは暴君になると言ってくれたんだ）

約定を乙名から拒絶されたと聞いた直後に、悠花が考え込む様子だったその意味を、日織は汲《く》みとれていなかったのだ。

それを確かめるために、問う。

「乙名。おまえは不津を、わたしの夫にせよと言ったな」

唐突な質問に面食らったようだったが、彼は真摯《しんし》に頷く。

「献言いたしました。あのお方が一族の中で最も、皇尊の夫として誰しもが納得し、そして血筋として申し分ない方です。他にも男子はありましょうが、最善はあの方」

一旦《いったん》言葉を切り、さらに固い声で続ける。

「不津王のために、大切な方を亡くされたと聞きおよんでおります。そのような者を夫にできぬという、人としてのお気持ちも理解できます。わたしも……妻を亡くしたので。しかし、あなた様は皇尊です。お気持ちを殺して龍ノ原に安寧が続くのであれば、わたしはそれを献言します。もしどうしてもと拒否されるのであれば、不津王と同等かそれ以上に、皇尊の夫として重臣たちが納得する方を、選ばれるべきなのです」

理解はしていたつもりだ。許せない、憎い。そんな相手を夫とする覚悟が必要なほどに、皇尊の御位は重い。だがそれに気持ちがついて行けない。理解していても、平然とそれを受け入れられる者などほとんどいないはずだ。

だが、乙名の献言が正しいのは間違いなく、最善なのも間違いない。

「逆封洲との約定は、結ぶべきではない。たとえわたしの命が危うかろうと。そう言ったな？」

「皇尊の身が危うかろうが、それは皇尊の身の危機であって龍ノ原の危機ではない。にもかかわらず龍ノ原の形を変えるような約定を、焦《あせ》って決断してはなりません」

大殿で、日織の命などどうでも良いと言いたげな乙名の言い分を聞いた時は、怒りを覚えた。しかし冷静になってみればわかる。彼の言い分に怒るのは、龍ノ原の民や未来よりも、自分の命を優先しているからだ。

皇尊が自分でなくてはならないというのは、日織の思い。自身の望みのために、皇尊であり続けたいだけ。

乙名の意見は、大殿で聞いたものと同じ。

にもかかわらず、日織は彼の言葉をはじめて聞いたような気がした。彼の言うことは全てが正しい。正しい意見を聞いたなら、それをもとに最善の判断をしなくてはならないはずなのに、日織は感情的になり、焦り、反発したのだ。

乙名とて自分の意見が、日織にとって不快だろうとはわかっていたはずだ。しかしそれが事実であり、彼女が知る必要があるからこそ告げた。

悠花はそれが理解できたから、日織に忠告してくれたのだ。暴君になる、と。

自分に都合の良い現実だけを聞かせる者は、近くにいれば心地よい。だが、現実は自分の思い通りにいかず、悩ましいことばかりだ。それに目を背けて、知らないふりをしたくなる。わからないふりをしたくなり、考えるのを避けてしまう。

しかしそれでは駄目だと、嫌がられるのを承知で厳しい現実を知らせてくれる者は、真実相手を慮《おもんぱか》っている。

目をそらすなと厳しく言ってくれる者は、きっと信頼できるのだ。

有間が求めろと助言したのは、きっとそのような者たちなのだ。

（しかし、もう手遅れか）

乙名は左の大臣を辞すと言った。そもそも、乙名は志が違う。

「おまえは民のために、一旦でも左の大臣の役を受けたのだな。わたしのためではなかったのだな」

「いいえ。わたしは真実、皇尊をお助けする一人としてお役目を受けました」

意外な言葉に目を瞬き乙名を見返すと、彼は続けた。

「皇尊は民のためにある。龍《りゅう》を鎮めて地を平らげるのは、民のためでしょう。政の頂点にあり権を振るうのも、民のためでしょう。ということは、皇尊のためになることは、民のためになる。そう考えます。ただし」

　乙名の顔が険しくなる。

「ただし、皇尊が民のためにあると、ご自身で理解されていなければ、わたしは皇尊のために左の大臣になったとは申せません。吾が身ばかりにこだわり、吾が身ばかりが可《か》愛《わい》い皇尊は、わたしがお支えしたい方ではない。実際、歴代、吾が身にばかりこだわられる皇尊は多かった。政など知らぬと重臣たちに任せきる。あるいは民のことなど考慮せず、自身のこだわりを通す。そんなお方の側《そば》に仕えても、わたしなどは煙たがられて、すぐに追い散らされるか無視されましょう。皇尊ではないが、皇尊の御位《みくらい》に最も近いと思われていた不津王に、幾らか進言をしたこともありました。様々なさりようが、目に余りましたので。しかし笑って受け流され、終わりでした」

「不津と親しいのか」

「師を同じくしておりました。そのよしみで親しくしておりましたし、わたしはあのお方が次期皇尊の御位にお即《つ》きになるだろうと予想していました。ただ、あのお方は独善が過ぎる。それを正していただけないかと思っていましたが、そうはなりませんでした。山篠皇子《やましののみこ》にしろ、不津王にしろ、皇尊の御一族はおしなべてこのようなお方ばかりかと、考えておりました」

　乙名は強く拳《こぶし》を握る。拳に触れる龍髯草《りゅうぜんそう》にちらっと目を向けて、生き物のように揺れる草葉に愚痴るように乙名は呟《つぶや》く。

「しかし、あなたは違うかもしれぬと思ってお引き受けした。宣儀《せんぎ》をこの目で見ましたので」

硬いばかりの乙名の目が、揺らぐ。

「この方は真実、神の眷属に選ばれたのだろうと」

胸をつかれた。

（宣儀）

あのとき龍《たつ》ノ原《はら》にいたほとんどの者は、龍が群れ集うのを目にしたのだ。日織自身はその中心にあったために、それが人の目にどのように映ったか、理解していても実感はともなわない。

しかし――乙名は宣儀を見たから、と口にした。あなたは違うかもしれぬと思って、と。

日織は御位にあり続けるために、宣儀を成した。それのみだったが、実際それはどんな意味がある儀式だったのか。じわりと、衣に雨粒が染《し》みるようにわかりかけていた。

初の大殿出御《だいでんしゅつぎょ》、さらに二度目の大殿出御のとき。その場であったことを思い返すと、情けなさがこみあげた。

「失望させたのだな、わたしは。おまえを」

たった二度で乙名を失望させたほどに、彼の目に日織は、わずかな見込みもなく愚かしく映ったのだろう。

「わたしは、ともだちが与えてくれようとしたものを、失うかもしれなかったのだな」

「ともだちとは？」

「龍だ。神の眷属に名などないのだろうが、わたしは一頭の龍とともだちになった。その龍が眷属を呼び、わたしに御位を与えてくれた。そして同時に、乙名。おまえも与えてくれようとしたのだ、おそらく」

多麻呂《たまろ》と淡海《おうみ》、さらに乙名とともに大首《おおおびと》を務めていた者たちがこぞって彼を推挙したのは、考えてみれば希有《けう》なことだ。左の大臣という要職を選ぶとなれば、幾人かの反対があっても不思議ではないはずなのに、それがなかった。

ということは、乙名は誰もが認めざるを得ない傑物なのだろう。

不津と親しく、山篠とも近かったがゆえに乙名は、皇尊の一族とはこんなものだと心の中で断じていた。不津が皇尊になり、仮に重臣の列に加われと命じられても、彼はおそらく拒否しただろうことが、声に漂う嫌悪《けんお》感《かん》から察せられた。

たった二度の大殿出御で日織を見限ったのも、乙名の中に皇尊の一族に対しての侮蔑があったからだろう。

本来であれば、誰が即位したとしても、乙名は首を縦に振らなかったはず。

宣儀を、まのあたりにしていなければ——。

なぜ最初に乙名の人となりを知ろうとしなかったのか、真意を問おうと考えなかったのかと、人は責めるだろう。

しかし怒りを抱えながらも怯え暮らし続けた者が、突然に皇尊の御位に即き、重臣たちの前に立ったのだ。なにもわからず、さらに怯えが染みついた心が、唐突に冷静沈着な偉人になれるだろうか。そうなれる者はいるのかもしれないが、それは人ならざるほどに様々なものに長《た》けた、完璧《かんぺき》な、御伽噺の中に現れるような英傑。

日織は、御伽噺の英傑として生を受けたのではない。一族の女なら聞けて当然の龍の声すら聞こえない、遊子として生まれたのだ。

だから日織は、間違えながらそれを己で正し、あるいは誰かに正されながら、進むしかない。

無様だろうが、そうするしかない。放り出せない御位に即いたのだから。

(手遅れだろうか、もう……。でも、わたしは)

目の前にいる男が、日織には信頼できる者に思えた。求めるべき者がここにいるのに、諦《あきら》めきれない。

いや——諦めてはならないと思った。

「あなたに謝罪する、小勢乙名。わたしはあなたの言葉をまともに聞けなかったほどに、未熟なのだ」

頭をさげた。

乙名は体を強《こわ》ばらせ、そのまま動かなくなる。

「何をなさる、……皇尊」

問う声が掠れていた。

「あなたに謝りたい。そして請《こ》う」

心から告げた。

「左《さ》の大臣《おとど》として、わたしを助けて欲しい」

「皇尊は神より他に、頭《こうべ》を垂れてはならぬものですぞ」

「誰が決めた？」

顔をあげ、日織は乙名をまっすぐ見た。

「神に選ばれたとしても、皇尊とてただの人だ。人が誰に対しても頭をさげぬというのは、傲慢《ごうまん》だろう。そんな傲慢なことを誰が決めたか、わたしは調べてみる気にもならない」

皇尊としての威儀が必要な時には、それらしくふるまうべきだ。

しかしさげるべき時は、頭などいくらでもさげればいい。自覚が足りないと空露あたりは苦い顔をしそうだが、自覚は嫌と言うほどある。

御位を退くということは、死だ。

日織は命ある限り御位にあり続け、御位を護《まも》り続け、良き次代に引き継ぐ必要がある。だから必死だ。必死だから、頭をさげ、願い請うのだ。

わたしを助けて欲しい、と。

胸の内まで見通そうとするかのように、乙名は日織を見ている。吟味するように、探るように。

彼は重く問う。

「龍ノ原を変えたいとお思いですか」

「変えるべきところは、変える。変えずにいることが幸いであるところは、龍ノ原は龍ノ原なりのあり方であればいい」

長い息をついて、乙名は観念したように軽く目を閉じた。暫《しばら》くして目を開くと、静かに言葉を紡《つむ》ぐ。

「わたしは十二年前、不津王が附孝洲に向かわれると聞いて同行を願い出ました。ごく個人的な理由で願ったのです。八洲はどこの国々も小競《こぜ》り合《あ》いを繰り返し、戦をする。そのため龍ノ原に比べ、病や怪我《けが》を治す術《すべ》に長けているからです。わたしは良い薬を求めて同行を願った。妻と子どもが病でした。八洲にならば効く薬があると知り、それで。しかし結局間に合わずに、二人を失いました」

無表情に続ける。

「わたしは龍ノ原のあり方を、さほど悪いとは考えていません。ですがそのときだけは、龍ノ原も変えていくべきところ、変わるべきところがあろうと、随分悔しかったのです」

（そんなことが、この男に……）

侘《わび》しい邸《やしき》にあえて独り住む乙名の心が、見えたような気がした。かつては妻や子がいただろう邸に身を置き、家族との楽しい思い出や、同時にそれを失った哀しみと悔しさを忘れないようにしていたのかもしれない。なにもかも内側に吸い込み、しんと静かに思い出を噛みしめ、龍ノ原のありかたを考え続けていたかもしれない。

護領風が、不意に強く吹き付けてさっと一陣の涼が、日織から乙名の方へ駆け抜けていった。

「もう一つ、お伺いしてもよろしいでしょうか」

風に目をすがめ、乙名が問う。

「良い。訊《き》け」

「あなた様は今ご自身で、ご自身を未熟と口になさった。そうお思いでありながら、御位を退くためには死のみであるから、しがみつかれるのか」

「命を惜しむだけならば、そもそも御位を望まなかった」

日織は乙名の硬い瞳を突き通し、その奥にある彼の核心に届くようにと、まっすぐに見返す。

「わたしは龍ノ原を、わたしに希望を託して儚《はかな》くなった人や、わたしが慈《いつく》しむ人や、わたしの友に恥じないものにしたい。だから未熟であっても、愚かにはなりたくないから助けが必要だ。そして未熟な者も、助けられ、経験を積み、考えが深くなれば、もっと違った己になれると信じる」

　龍ノ原を乱そうとする者の姿を見たことで、有間や乙名が口にする、民のためという言葉の重さが、日織の中に実感とともに見えはじめていた。

　戦も知らず、飢えも知らない龍ノ原は幸いなる国なのだ。その頂きに立つのであれば、幸いなる国を護り、さらに良くしていかねばならないのだろう。

　御位は、自らが望んだのだから。神すら欺《あざむ》こうと決意してまで――。

「左様でございますか。では」

　乙名の、石のように強い目が日織をとらえた。

「お仕えいたします、皇尊」

ぶれない、石のような固い声。それが頼もしく胸に響く。

「頼む」

短く応えると、乙名が深く礼をとった。

そのとき。

正面から突然、叩《たた》きつけるような風が襲った。

## 三

突風とも呼べるその風圧に、日織も乙名も身を縮こまらせる。

日織はさらに、腕をあげて顔を背けた。衣の袖《そで》がはためき、目を開いていられないほどだったが、強い風に混じる香気に気づく。

（これは!?）

白杉《しらすぎ》の樹皮を削りとったような清々《すがすが》しい香り。

（龍だ！）

風に逆らい、風の吹く方向に必死で顔を向ける。風が唐突に止《や》んだ。

しかし強い香気はその場に漂い続けている。

そして――細い草葉が日の光を受けながら、逞《たくま》しい青を誇るようにそよぐ草原の真ん中に、龍が一頭浮かんでいる。

草葉に触れるか触れないかの位置で、ゆるゆると尾を閃《ひらめ》かせ、髭《ひげ》をそよがせ、濡《ぬ》れ光る金の目でこちらを見ていた。日織から二十歩ほどの距離だ。

身の丈は日織の三倍ほどだろうか。まるまると一抱えはある張りのある胴と尾と、それを覆《おお》う白銀《しろがね》の鱗《うろこ》は鋭いほどに光を弾《はじ》く。

「龍が」

乙名が、畏怖《いふ》の震えを帯びた声で言い、後ずさる。

日織は逆に、早足に龍に向かって歩き出す。

「皇尊」

乙名は恐れ、制止するような声をかけるが、日織は構わず草葉の中を突っ切った。

徐々に足は速まった。

（この方は……！）

強い香りに頬を打たれながら、日織は龍の前に立つ。

龍は――逃げない。

金の大きな目が日織を見ている。

「あなたなのか？」

問うと、複雑な色味の虹彩《こうさい》がぎゅっとすぼまった。それで確信し、日織は思わず微笑《ほほえ》む。

「見る度にお美しくおなりだ。これでは、遠くあなたの姿を見ていてもわからない」

何が言いたいのか、何がしたいのか、龍は髭をそよがせているのみ。

（わたしが惑い、混乱し、惨《みじ》めな気分でいる時には現れなかったのに）

そんなときこそ龍に縋《すが》りたくなったのだが、だから現れなかったのだろうかとも思う。

迷い戸惑い、苦しんだ末に歩き出したら、それを励ますのだろうか。

（よくわからないな。神も、神の眷属も）

人が明確に理解できるものであれば、それは神ではないのかもしれない。神を騙《かた》るなにかかもしれない。

治央尊《おさのひさしのみこと》は龍に友の証《あかし》として角をねだり、手に入れたが、それを求めるだけの理由があったのかもしれない。神の眷属とこうして縁《えにし》を成しても、彼らは人の思惑では動かない。もし龍の威光を借りたい時があったなら、それを呼ぶ手段を欲しただろう。

日織も体験したように、人心は変えがたい。龍の威光をもって人を動かしたいと願っい、誘惑に駆られたのだろう。

「あなたが、わたしにくれようとしたものを失いかけました――けれどなんとか、得られました」

龍の虹彩が再びすぼまる。それは「良かった」と応えたのか「何のことだ」と問い返されたのか、わからない。乙名を龍の贈り物と思ったのは、日織の勝手な解釈で、神の眷属はみずからが見せつけた神威の結果になど、無頓着《むとんじやく》かもしれない。

「これは、わたしの勝手な解釈と感謝です。あなたに礼を申しあげる」

ざわっと、龍の髭が大きく震えた。と思うと、唐突に龍の後ろ爪《づめ》が宙を蹴《け》った。突風が吹きあげ、その激しさに日織は思わず目を閉じて腕で顔を覆う。

体がもちあがるような衝撃があったが、ぴたりと風が止む。

はっと目を開いて空を見あげれば、遠く高い場所に白銀の姿が泳いでいる。夏の光を受け、それを弾き、散らし、高く高くへと昇っていく。

日織の友となり縁を成した龍は、神の眷属らしいわかりづらさと曖昧《あいまい》さで、それでも日織になにかを告げるのだろう。

今はきっと、励まされたのだ。——強くあれと。人を信じ、自らも信じろと。

治央尊のように、神の眷属を利用しようなどと考えるのがさもしい。

こうして励まされ、背を押されるのが、どれほど尊いか。神とはそんなものなのだと、頭を垂れていれば良いのではないか。

きびすを返し、呆然《ぼうぜん》と龍を見送る乙名のもとへ戻りながら、日織は声を張った。

「戻るぞ、龍稜へ！　妻の顔が早くみたい」

のろけともとれる軽口に、乙名は心底困った顔になった。早急に日織に夫をもたせたい乙名には、聞き捨てならない発言だろう。これほどに妻を可愛がっていては、夫など持てまいと。

「皇尊」

と、何か言いかける乙名に微笑みかけた。

「心配するな、乙名。夫はもつ」

ある決意をもって告げた。


「悠花はいるか」

龍稜に戻ると、日織は西殿《にしどの》へと向かった。

開いていた東側の枢戸《くるるど》から母屋《もや》の中を覗《のぞ》くと、いつものようにゆったりと挟軾《きょうしょく》にもたれ、正面枢戸に垂れた簾《すだれ》の近くで、彼は涼んでいた。

ふり返った悠花は、日織の姿を認めて驚いた顔をした。

「日織。今まで何処《どこ》に？　皆心配していた」

「すまなかった。色々と手間取っていた。でも……終わった。おそらく間違った決断をすることなく、終わらせられた。わたしが間違えずにすんだのは、悠花。あなたのおかげだ」

悠花の傍らに腰を下ろす。

「わたしの？　わたしが何かしたかな」

「あなたはわたしに、暴君になると言った。あの言葉がなければ、わたしは乙名を失っていただろう」

「乙名？　あなたに断罪されたと、噂になっていたのに。……わたしは、てっきり」

悠花もひどく心配したのだろうと思うと、申し訳なかった。

「その噂は、わたしと乙名で相談して意図的に流させたのだ。余計な心配をかけてしまったが、そのおかげで問題が片付いた。そして乙名は——左の大臣として、わたしに仕えてくれると約束した」

「本当に？」

「そう言ってくれた。信頼できる臣下だ。頼もしいと思う」

「良かった。それは、とても」

優しい目で、悠花が微笑む。短い返事とその笑顔だけで、彼がどれほど気をもんでいたのかが知れた。

「乙名はきっと、日織にとってはなくてはならない臣下だろうからね。……安心した」

なぜこれほどまでに、日織に見えないことが悠花に見えるのだろうかと、感嘆する。

人目の多い龍稜で育った悠花は、日織以上に制約の多い生き方しかできなかったはずだ。悠花皇女《ひめみこ》という者は存在していたが、それは真実の彼ではなく、真実の彼はあってはならない者だったのだ。自分であって自分ではない悠花皇女の存在と、本当の自分が乖離《かいり》し、彼は常にどこか傍観者であり続けたのかも知れない。物事の中心にいては見えないものも、周囲から見ていればよく見える。彼は傍観者を強いられることで、物事を遠く眺める理性を得たのかも知れない。

しかしその聡明《そうめい》さが、自在でいられなかった結果だと思えば、たまらない。

（この人を自在にしてあげたい）

日織の顔に覚悟を読み取ったのか、悠花はいぶかしげに首を傾《かし》げる。

（しかし、この人と離れることも考えられない。そうだとしたら、方法は一つしかない）

強い思いが心にあった。それはあまたの困難や不安をなぎ払って、確固たる決意になっていた。

「悠花。わたしは、あなたを自在にしてあげたいし、あなたとともにありたい。そして重臣たちは、わたしに夫をもてと言う。だから決めた。わたしは、あなたのことを公《おおやけ》にしたい」

「公？」

「あなたは男だと公にする」

驚いたように何度か瞬《まばた》きした悠花は、次には顔を伏せて、くすくすっと笑い出す。

「わたしが男で、禍皇子《まがつみこ》と？　莫迦《ばか》なことを。宣儀で思い知ったのではない？　どれほど人の考えというものが硬直していて、変えるのが難しいかということを。せっかく信頼できる臣下を手に入れたと、今あなたは言ったばかりではない？　それがまた乱れてしまうよ。手に入れた者を失うかもしれない」

「乙名は正しい判断ができる。狭量《きょうりょう》でもなく、変えるべきものは変えるべきと考える男だ。彼にならば真実を打ち明け、どうすれば人々を恐れさせずに、悠花の事実を民や臣下に知らせられるか知恵を貸してくれるだろう。もし、仮に、彼が禍皇子に恐れを抱いていたとしても、わたしが彼を説き伏せる」

身を乗りだし、白い纈裙《ゆはたのも》の膝《ひざ》に置かれた悠花の手に、手を重ねた。

「わたしが皇尊としてあなたを護る。重臣たちが怯《おび》えても、民が怯えても、わたしが龍ノ原を良き形に整え護り続ければいいのだ。禍皇子を夫とした皇尊が、龍ノ原に安寧をもたらすと証明すれば良い。そうすれば人は禍皇子を恐れなくなる」

「とても大変なことを簡単に言うね。不津が立とうかという噂《うわさ》のある、この時に」

「困難は大きいと承知している。だが困難が大きいからこそ、あなたと離れられない。あなたが側にいてくれれば、間違わずに進むことができる。自分を、神に許された皇尊だと信じて」

「わたしが側にいても、夫をもてば良いのじゃない？」

「夫となる人にとっても悠花にとっても、それは酷だ。だから悠花のことを公にしたい。側にいてもらうために、どうすれば最も良い形で公にできるか、考えたい」

困ったように、悠花は微笑んだ。

「気持ちはとても嬉《うれ》しいよ。日織」

「承知してくれるか？　このこと」

「少し考えさせて欲しいね。そう……」

そこで悠花は、何かを図るように宙に目を向け、答えた。

「そうだね、明日に。明日、お返事しよう」

「明日？」

「そう、明日」

その夜、久しぶりに互いの温《ぬく》もりを感じながら眠りについた。互いの温みをわけあうと、やはりこの人と離れがたいと染みいるように思った。

「では、行くよ」

翌朝。薄暗さと湿った夜気が残る頃に、御床《ごしょう》で身を起こした日織が言うと、悠花は横たわったまま目を開き日織を見あげる。

「行ってらっしゃい」

「良いのか？」

と訊いたのは、いつものように、行かないでと楽しむようにごねてもらわないと物足りない気がしたのだ。

悠花は目を細めた。いきなり日織の手を引いて引き倒すと身を入れ替えて、御床に倒れ込んだ日織の上からのぞき込む。そして口づけた。

不意のことに目を瞬いていると、口づけを終えた悠花は指で日織の唇をなぞり、囁《ささや》く。

「これでご満足？」

まるで、はしたないおねだりをしたような気になり、恥ずかしくなって、日織は急いで身を起こすと西殿を出た。

（駄目だな。悠花に甘えてはならないとわかっているはずなのに、つい。皇尊として悠花が頼れる者にならなければいけないのに）

東殿《ひがしどの》で居鹿《いしか》に手伝わせて身なりを整えつつ、無意識に甘えがちな己を叱咤《しった》する。こんなことでは、悠花の秘密を公にすると言ったところで、彼は不安でしかないだろう。

今日、悠花は自らの秘密を公にするか否《いな》か、決断すると言ってくれた。もし彼が日織の提案を拒否したとしても、今日のところは仕方ないと思う。けれど少しずつでも自分が皇尊としてまっすぐに立ち、足もとが固まっていけば、いずれ悠花はうんと言ってくれるかもしれない。それにしても、あまり長い時間はかけられない。ぐずぐずしていては、重臣たちがしびれを切らす。

日織は今すぐにでも、強い皇尊になりたい。

(強くあらねば——たとえば有間のように)

彼のように強い人であれば、重臣たちも安心するし、悠花も身を預けるようにして頼ってくれるだろうに。

有間に文を書きたくなった。龍道《りゅうどう》に拝礼に向かわねばならなかったが、まだ少し時がある。迎えに来た空露を待たせて、文をしたためた。

忠告は大変役に立った、感謝すると。自分は信頼できる者を増やせた。これから大切な者を傍らから手放すことなく、国を護っていきたい。自らを信じて強くありたい——あなたのように強く、と。そして、あなたは元気でいるだろうか、と。

最後にそう綴《つづ》った時に、ふっとまた血なまぐさいような匂《にお》いを感じ、思わず周囲を見回す。するとぽつりと、筆の先から墨が落ちて料紙を汚した。

胸騒ぎがした。

信頼という、その言葉を日織に送ってくれた友は、今どうなっているのだろうか。彼は、過誤の皇尊と不津から呼ばれた日織の書札《しょさつ》を持っている。

果たしてそれが、有間にとって不利になっているのか、有利になっているのか。

(無事でいてくれ、有間)

願うような気持ちで最後に記す。国主《こくしゅ》になったあかつきには約束通り、必ず龍ノ原に来て欲しい――と。

そう綴った自分もまた、皇尊の御位にあり続けられるのかはわからなかったが。

龍道の拝礼を終えると、日織は大殿へあがった。そこには白杉柱を背に、淡海皇子、大祇《おおぎ》の真尾《まなお》、左の大臣小勢乙名、右の大臣造《つくりの》多麻呂と、四人の重臣たちが顔を伏せて待っていた。

昨日重臣たちには、先の大殿出御が半端なままで終わったため、今日改めて合議を開きたいと伝えてあったのだ。日織が重臣たちの参殿を労《ねぎら》い、乙名が引き続き左の大臣として務めることを確認すると、重臣たちは胸をなで下ろしたようだった。しかし安穏としてはいられませんと、まっさきに乙名が口を開いた。

逆封洲の使者の例もあり、他国は龍ノ原に様々なうまみを見いだして動き出すだろうと。さらに不津王が動いた場合、どのように対処するべきか考えねばならないと。

　重臣たちとの話し合いは長引いたが、簡単に答えの出る問題ではなかった。結論はないままに一旦合議が終わり、日が中天にかかる頃に、ようやく日織は大桜宮《おおさくらのみや》に戻った。悠花の顔が見たかった。急《せ》かすわけではなかったが、日織の提案に対する答えも、それとなく訊いてみたい。

「悠花」

　西殿に早足で踏み込むが、そこに悠花の姿はなかった。杣屋《そまや》もいない。

「悠花？」

　不安を覚えたのは、母屋の様子がいつもと違うからだった。

　普段であれば、降ろされた簾の近くに柄の長い団扇《うちわ》が立てかけられていたり、几帳《きちょう》の手前にある文机《ふづくえ》に料紙が広げてあったり、玉櫛笥《たまくしげ》が開かれ、銀《しろがね》や翡翠《ひすい》の髪飾りが並べられている様が見えるはずなのだ。そんな日常の、油断した穏やかさのようなものが——ない。

　簾はきっちりと巻き上げられ、料紙や硯《すずり》、団扇などもあるべき場所に収まり、立てかけられている。玉櫛笥も蓋《ふた》が閉められていた。白杉の床にも塵《ちり》一つない。

「誰か！　いるか」

　呼んだが返答はない。

（この様子は妙だ）

焦りを覚えつつ、日織は正殿《せいでん》にとって返そうと簀子《すのこ》縁《えん》から歩廊へ出た。

空露は合議を中座し、別の儀式の準備のために大桜宮に戻っていた。彼ならば悠花がどこに行ったか、聞いているだろう。

正殿へ向かっていると、居鹿に行き合った。

「皇尊」

と膝を折る居鹿に、訊いた。

「悠花は？　どこにいる」

正殿にこもっていたはずの空露よりも、動き回っている居鹿の方が西殿の動きには敏感だろう。しかし居鹿は、不思議そうに小首を傾げた。

「悠花様は西殿においでのはずです。外に出られる手配はしていません」

「しかし、いない。杣屋も」

「そんなはずは、ないですけれど」

居鹿が戸惑ったように言う。

ここは大桜宮だ。龍ノ原で最も人が近づき難い場所であり、まさか誰に知られることもなく、悠花や杣屋が拉致《らち》されるはずはない。

もし誰も知らないうちにいなくなったとするならば、それは間違いなく、本人がこっそりと抜け出したからだ。

「密《ひそ》かに、どこかへ行ったのか……悠花は」

「でも悠花様の外出であれば、輿《こし》が必要です」

居鹿は知らないが、悠花は護領衆《ごりょうしゅう》の姿に身をやつし、簡単に龍稜を抜け出すこともできるのだ。

「居鹿。すまないが周囲の者たちに、悠花がどこへ行ったか知らないか訊いてくれるか。杣屋を連れて、気まぐれに龍稜の別の宮にでも行ったかもしれない」

「はい」と答えて礼をとり、居鹿がさがる。

空露にも訊いておこうと、正殿へ向かう。彼は正殿奥の皇尊の座を整え、その周囲に香炉のようなものを並べて儀式の準備をしているようだった。

「空露」

母屋に踏み込むと、彼は顔をあげた。

「悠花を見なかったか？」

「西殿におられましょう」

「いない。杣屋もだ。しかも様子がおかしい」

「どのように」

「少し外出をしている、といった様子ではない。まるで……遠くへ旅立つような母屋の整え方で」

口にすると、空露がはっとした表情を見せる。

「どうした」

「いえ。それは……まことに？　そのような様子が」

西殿母屋は、旅立ちの跡を見るようだとは思ったが、そんな話は聞いていない。

しかし思い返せば今朝、悠花がいつもと少し違った。

不意にどきんと、鼓動が強く打つ。

（悠花が消えた――いや、そんなはずはない）

きびすを返して正殿枢戸の外へ出ると、簀子縁で声を張る。

「馬木！」

葉桜の幹の陰から馬木が現れ、地面に膝をつく。

「ここに。御用でしょうか」

「悠花がどこへ行ったか、知らぬか」

「悠花様？　報告は聞いておりません」

「大桜宮に今朝から、妙な出入りはなかったか」

少々お待ちをと言って馬木は去り、すぐに戻ってきた。

「大桜宮を護っております配下に確認しましたが、怪しげな出入りはありません。いつものように采女《うねめ》や居鹿、舎人《とねり》など数人が出入りしたようですが。あとは杣屋殿が、近頃出入りしている護領衆とともに外へ出られたと」

「護領衆だと？　どんな」

「髪を切りそろえていない、美しい護領衆です。その者は、皇尊即位の時より時々大桜宮に出入りしております。空露様と親しく話している様子などを、先頃から鳥手が見ておりますので、鳥手は空露様の知己と判断しておりましたが。皇尊は、ご存じない方でしょうか」

「いや……知っている者だ」

手をついていた欄干を、思わず握った。

（杣屋とともにどこへ行った）

悠花は、杣屋とともに、気ままな水辺の遊びに出たのかも知れない。もう少し経《た》てば戻ってきて、楽しかったよと悪びれずに言うだろう。心配したと告げると、お莫迦さんだねと、笑うはず。

そうに違いないのだから――こんなふうに不安になる必要はない。

自分をなだめて、馬木に微笑を返す。

「ご苦労だった、馬木」

「悠花様のことは、よろしいのですか。お姿が見えないのでしょうか」

「姿はない。しかしおそらく、すぐに帰ってくる」

日織の返答に、不審げに馬木が顔を曇らせたのは当然で、悠花が外出したとなれば鳥手の目についているはずだからだ。誰も見ていないのに悠花の姿がないのは、解《げ》せないのだろう。

　馬木をさがらせるとすぐに、空露が儀式の準備に入れとせかしに出てきた。龍道に月に一度大祇が来て執り行われる鎮《しず》めの儀式で、それに臨むために幾種類かの香を焚《た》いてその香りで潔斎する準備が必要なのだった。

　促されるままに準備をして、儀式を終え、空露とともに大桜宮に戻ったときにはすっかり日が暮れていた。

「皇尊」

　大桜宮の庭に入るとすぐに、采女が一人駆け寄ってきた。正殿の簀子縁には手《て》灯《あか》りを持った采女が幾人か、心配顔で固まっている。その中に居鹿もいる。

「どうした」

「西殿の様子が、おかしゅうございます。少し前に、燈台《とうだい》の灯りを入れに行った者が、誰もいらっしゃらないと。人の気配がないと。悠花様も、杣屋様もおいでになりません」

「いないのか？」

「はい」

空露とともに急いで西殿へ向かったが――そこに灯りはなく、ひと気もなかった。母屋の中を念のためにざっと見て回ったが、昼間と同じく、何一つ動かされた気配はない。簀子縁に出ると、葉桜の向こうに半月になる前の少し痩《や》せた月が出ていて、周囲の景色をぼんやりと浮き上がらせていた。

庭にも、どこにも、悠花の姿がない。今朝、護領衆の姿に身をやつして杣屋とともに宮を出て行ってから一度も戻っていないのだ。

無理矢理おさえていた不安と焦燥が、一気にふくれあがる。

（なぜだ。なぜ帰っていない！　悠花！）

ぐるりと母屋を見回って簀子縁に出てきた空露に、日織は急いでふり返った。

「今朝、杣屋とともに、美麗な護領衆が出て行ったのを鳥手《とりて》が見ている。悠花も杣屋もそれから帰ってきていない。あの人のことだ、気まぐれに遊びに出て、足をくじいて動けなくなったとか、そんなことがあるかもしれない。空露、探してくれ。鳥手には杣屋を探せと命じるから、おまえも」

焦る日織を少しの間に見つめた空露は、小さく首を横に振る。

「悠花様が、そのように迂《う》闊《かつ》なことをなさるとお思いですか、日織」

「あの人は、ふらふらと出かけがちだろう。だからわたしと龍道で出会って、秘密を知って」

「それは日織が、皇尊となる前のこと。日織が皇尊となってから、あの方は自らの秘密が公になってはならないと、慎重に行動しておいででした」

「けれど、誰かに拐《かどわ》かされた様子でもない」

「ええ、御自身の意志でしょう。おそらく、あの方は――出て行かれたのですよ」

頭のどこかでその可能性は知っていたが、絶対にあるはずはないと、頑《かたく》なに心が否定したことだった。しかし今、拒絶しようもない現実があった。

「……どうして？　どうして出て行った」

呟いた途端に、様々な理由が頭の中で氾濫《はんらん》した。

「わたしが、悠花の秘密を公にしたいと言ったからか？　しかし、それは考えると悠花は言ったんだ。無理強いするわけではない。悠花が拒絶すれば公にするつもりはなかったし、悠花だってわかっていたはずだ。この生活にうんざりした？　それも考えられない。悠花にそんな様子もなかった。わたしを嫌う様子もなかった。今朝もあんなに」

額を押さえる指が震える。

「いや……わたしは、悠花を不安にさせたんだ」

悠花の言葉すら素直に聞かず、ぐらつく日織が、彼はきっと不安でたまらなかったのだ。そんな頼りない日織が、悠花の秘密を公にしたいなどと口にしたら、不安が余計にふくれあがってしまうだろう。

日織と一緒にいるのは、得策ではない。そう考えて逃げだしたとするならば、杣屋が一緒なのも頷《うなず》ける。あの老女は悠花を護ることが使命で、誰よりも悠花を慈《いつく》しんでいるのだから。

悠花は皇女として玉や金銀の飾り物などもかなり所持しているため、龍ノ原を出て他国へ向かったとしても、食うに困ることはないだろう。しかも彼は賢く、男姿と女姿を自在に使い分けるので、その気になれば龍ノ原にいるよりはよほど生き生きと暮らせるはずだ。

日織とともにいるよりは、よほど安全に、気楽に――。

「悠花様も、御身が大切なのです」

空露がぽつりと言う。顔をあげて彼を見た。いつもの感情の読めない無表情だ。

「日織よりも、御身が大切。当然です。ただ日織を見捨てるかのごとき、かような、かようなふるまいには失望いたします」

「空露！」

思わず空露の胸ぐらを摑《つか》んでいた。

「悠花を悪《あ》し様《ざま》に言うのは許さぬ」

「事実でしょう。あのようにのらりくらりと、優しそうなふりをしながらも、結局、日織を見限ったのです」

「それは、悠花を不安にさせたわたしが悪いんだ！」

目が潤《うる》み、摑みかかって睨《にら》みつけている空露の無表情がぼやけてくる。

「わたしが悪いんだ。……わたしは悠花と一緒にいたかったから、そう願った。けれどわたしには力が足りない」

悠花は日織と同じように、一緒にいたいと思ってはくれなかった。哀《かな》しみがこみあげるが、それは八つ当たりのような哀しみだと理解していた。悠花が去ったのは自分の身を護るため、正しいことだ。見限られたのは、見限られた日織に責任がある。

「わたしは強くなりたい。強い皇尊《すめらみこと》として……立ちたい」

摑んだ空露の衣を引き寄せ、額を押しつけた。涙がこぼれ、黒い衣に染みていく。

「悠花が自ら決めて、去ったのだ。でも……わたしは、諦めたくない」

涙声で、歯を食いしばりながら言う。

「悠花を探す。そしてわたしは悠花が安心して側にいられるような、皇尊になるのだ。そしたら悠花を連れ戻すんだ。連れ戻して、莫迦なことをしてなんて悪い人だと叱《しか》って……二度と、わたしの側を離れるなと命じる。お願いなんかしてやらない」

「お好きになさいませ」

空露の声は意外にも柔らかく、慰める響きがあった。

次々と涙がこぼれた。

三日、五日、七日、十日――。

杣屋と美しい護領衆を探せと鳥手に命じてはいたが、彼らは見つからなかった。

悠花が龍稜から消えたことも知らせ、悠花を探せとも命じてある。

彼がどちらの姿で、どこにいるのか皆目わからないので、そうするしかなかった。

それでも足取りは摑めない。

悠花失踪は重臣たちも知るところとなり、何者かに拐かされたやもしれぬと一時は動揺が走った。だが、それは日織が否定した。根拠を問われ、「自ら出て行った確証がある」とだけ答えた。不審げながらも重臣たちは沈黙したが、乙名だけは、「いずれ詳細をお伺いできると信じております」と、釘をさしてきた。

そして。

悠花が去って、十一日目のその日。

日暮れてから大桜宮に戻った日織は、空露を東殿に先に帰らせ、一人でそのまま西殿へ向かう。悠花が消えてからそれが習慣のようになっていたが、毎夜そこが空っぽなのを確認するだけだった。

今夜も空露に「先に東殿に帰っていろ」と告げると、空露は「驚きなさいますな」と、意味のくみとりかねる一言を残して日織の側を離れた。

西殿に何かがあるというのだろうか――。もし何かがあるとしても、空露はなぜはっきりと口にしなかったのか。

奇妙に思いながらも西殿へ向かっていると、枢戸が開いているのが目にとまった。悠花が消えてから西殿は常に閉じられていたので、采女が昼間に母屋に風を入れて、閉じるのを忘れてしまったのかと思った。しかし近づくと、母屋の中に小さな灯りが揺れているのに気づいた。

（人がいるのか）

どくんと胸が高鳴った。空露の思わせぶりな一言がよみがえる。

（まさか悠花!?）

階《きざはし》を駆け上り、開いている枢戸を覗くと同時に呼んでいた。

「悠花!?」

母屋には、結び燈台が一つだけ灯《とも》っていた。こちらに背を向け、頼りない灯りの近くに座っているその人は、官吏の身なりをしていた。

日織の声に、その人はふり返る。そして困ったように、はにかむように、微《かす》かに笑む。

すると片えくぼが出た。

その人は悠花ではなかった。

しかし——。

日織は息を呑《の》む。

（月白《つきしろ》!?）

# 三章　木槿《むくげ》の白、染まる

## 一

恐怖と哀《かな》しみのすすり泣きが、薄暗い母屋《もや》の中に響く。

最奥《さいおう》にたてられた几帳《きちょう》の向こうに結び燈台《とうだい》の灯りが揺れ、二つ並んだ桶《おけ》に縋《すが》っている人影を浮かびあがらせていた。枢戸《くるるど》は全《すべ》て閉じられており真夏の熱気がこもる。その熱気にも、熱気のために強くなった腐臭にも気づかないのか、几帳の向こうの影は、すすり泣き続けている。

一筋、光が入る。正面の枢戸が細く開かれたのだ。

「濃見《のうみ》」

家人《けにん》に支えられ、開いた枢戸の外に立っているのは反封洲国主《たんのほうしゅうこくしゅ》、伴屋人《とものやひと》。彼は几帳の向こうにいるはずの妻に呼びかけたが、返事はない。すすり泣きだけが続く。

屋人は暫《しばら》くすると顔をしかめ、首を横に振り、「行くぞ」と命じた。

「お願いです、どうか。濃見様を見舞ってくださいまし。お近くで声をかけて、お手の一つでも握ってくだされば」

簀子《すのこ》縁《えん》に膝《ひざ》をついた侍女が、屋人に縋るようにするが、彼は素っ気なく答えた。

「あれはもう駄目だ。放っておけ」

「透谷《とうこく》様、敬谷《けいこく》様がともに討ち取られた哀しみと怒りで、取り乱しておいでなのです。お慰め頂ければ立ち直られようかと」

「必ず勝ちますと言っておきながら、首になって帰ってきた者どもを哀しむ必要があるか。それを嘆く者を慰める必要があるか。首とともに、暗がりで朽ちれば良い」

痩《や》せた顔に、ぎょろりと飛び出した目で睨《にら》まれて、侍女は竦《すく》んで動けなくなった。

再び肩を借りて歩き出した屋人は、荒い息を続けながら、時々湿った、喉《のど》に絡《から》む咳《せき》をした。ぜろぜろと胸の奥が鳴り続けている。

「白邪《はくじゃ》が来る。あやつが来る」

と呟《つぶや》く。

「憎らしい……目《め》障《ざわ》りな……」

ぶつぶつと口の中で呟く屋人を支える家人は、自分が支える国主の手や膝に目をやった。屋人の全身が小刻みに震えているのを認めたようだが、見なかったふりで目を伏せる。骨ばかりのように痩せてしまった国主からは、既に死臭に似たものがたちのぼっているのを嗅《か》ぎ取ったのだろう。

屋人は外郭の正殿《せいでん》へ向かった。

そこには御前衆《おんまえのしゅう》である、佐《さ》々九野《さのくの》、伴安人《とものやすひと》、蘇《そ》門真壁《もんのまかべ》の三人がそろっていた。

「どうしてくれる、その方ら」

家人の手を借り、へたり込むように国主の座についた屋人は、挟軾《きょうしょく》に上体をあずけて体勢をたもちながら三人の御前衆を睨《ね》めつける。

「いずれ……」

と言いかけて喉の奥に絡まるものに咳き込み、それが治まると続けた。

「いずれ、このようなことになると思っていたのだ。あの者を穴から出した時から。その方らがあれほど強硬に求めなければ、わたしはあれを穴から出すつもりなどなかったのに」

「恐れながら」

佐々九野が、見るに堪えぬと言いたげに屋人から視線をそらしたままで、口を開く。

「国主様におかれましては、あのときご賛同頂きました」

「誰が生きていると思うか、あの穴の底で十年も！　だが、生きておった。あれは化け物じゃ。その化け物が、国嗣《くにつぎ》である透谷を殺し、さらにもう一人、国嗣になれるやもしれなかった敬谷まで殺した」

震える片手で、屋人は顔を覆《おお》う。

「そして、こちらに向かっておる。大蓋《おおがい》へ。わたしを殺しに。持節《じせつ》の軍などと、畏《おそ》れおおくも皇尊《すめらみこと》のご威光を騙《かた》り」

伴安人が、不愉快そうに屋人を見やる。

「わたしは、正しき皇尊となるべき御方の書札《しょさつ》を掲げた持節の軍と信じて、透谷と敬谷の軍が吾《わ》が郡領《こおりのりょう》を通るのを黙認いたしました。しかし国主様。あれは真《まこと》であったのか？　あれこそ騙りであったと、そんな噂《うわさ》も北門津《ほくもんつ》あたりに流れている」

「畏れおおいぞ！　あれこそが、正しき皇尊となるべきお方の書札じゃ！」

口の端に泡をためて、屋人は怒鳴り散らした。

「有間《ありま》に皇尊の書札が授けられるはずはないのだ。授けられたとしたら、それはまがい物じゃ。偽物《にせもの》じゃ。そして事実、偽物であったのだ。あれは過誤の皇尊の手による書札で、正しき皇尊の手によるものではない。絶対に、違う」

一息に叫ぶと、胸を押さえて激しい息を繰り返す。

その様子を暫《しば》し見つめていた蘇門真壁が、

「もう潮時じゃと、諦《あきら》める気にはなりませぬかな、国主様」

と、重々しく口を開く。

「若は、持節の軍として進軍されている。民はひれ伏しましょう。持節の軍が大蓋へ乗り込む前に若に使者を送り、討とうとしたことを詫《わ》び、国主の座をゆずると申されては如何《いかが》でしょうか。そうすれば実の父と子、命だけは助かりましょう」

「あれは、わたしを許さぬ。いかにしようとも」

震える屋人の言葉に微《かす》かに頷《うなず》いたのは九野だったが、何も言わなかった。

「軍を動かし白邪を迎え討つ。あやつは謀反人《むほんにん》じゃ。国主に仇《あだ》なす謀反人じゃ」

「無意味な戦はお勧めしませんぞ」

真壁が続けて言う。

「吾《われ》ら御前衆の総意は、国主の交代です。国主様は体調も優れぬ。それが妥当」

「そなたらが拒むゆえにと、軍は動こうとせぬ。そなたらは、わたしに死ねと言っておる。殺されよと言っておる。そなたらは白邪と同罪の謀反人じゃ。わたしを殺すためにあれを穴から出した、大科人《おおとがにん》じゃ」

「なんたることを仰《おっしゃ》る」

聞き捨てならないとばかり、伴安人が腰を浮かしかけたそのとき、背後、正殿枢戸正面から数十人の兵《つわもの》がなだれ込んできた。太刀と槍《やり》を構えた彼らに取り囲まれ、九野と安人ははっと身構えたが、真壁は腰を落ち着けたまま、じろりと兵たちを睨みあげた。

「ほほう。まだまだ、国主様に従う者は多いと見える」

落ち着いた声で呟く。

「不思議に、どのような愚者にも必ず追従者がいるものよ」

「如何なさるおつもりですか、国主様」

と、呻《うめ》いた九野に、屋人はにやりとした。

「知れたことよの。謀反人を捕らえる」

「吾らは御前衆。国の律によって、国主が任を解けぬ者ですぞ」

「じゃから解きはせぬ。御前衆として捕らえ、御前衆として穴に落としてやろう」

「なんという……」

絶句した九野に代わって、真壁が口を開く。

「してどうなさる、国主様。持節の軍に討たれるおつもりか」

「わたしは国主ぞ。そなたらの妨害がなければ、国軍を動かし賊軍を討つまでじゃ」

「賊軍？　相手が持節の軍ならば、こちらが賊軍。討伐されるのはこちら」

「持節の軍とは騙りなのじゃ。有間こそが叛逆者《はんぎやくしや》。叛逆者を許すわけにはいかん」

「しかし軍は、指揮する者がなければ動けませんぞ。特に大きな軍を動かすには経験が必要。付け焼き刃の将では、なんともなりません。透谷様、敬谷様が亡《な》き今、如何なさる。将となるべき家人はさて、幾人国主様に従っておられますか」

反封洲には、将軍に任じられる兵が七人いた。国主の子である有間、透谷、敬谷、さらに壱岐《いき》。そして歴代国主に仕える御三家と呼ばれる兵の頭領三人。

今は有間と壱岐は言わずもがな、透谷、敬谷を欠いた。さらに御三家は御前衆に近い立場なので、国主の身勝手な命に易々《やすやす》とは従わない。真壁はそれを見越しているのだ。

しかし——。

「わたしが、動かす」

大きく肩で息をしながら、屋人は痰《たん》の絡まる濁った声で答えた。

「わたしが白邪を殺すのじゃ。捕らえて、刻んで、息あるうちに今一度穴に落としてやる」

黄色く変色した歯を剝《む》き出し、目をぎらぎらと妄執で光らせる。

若かりし頃、伴屋人は隣国葦封洲《あしのほうしゅう》、叛封洲《はんのほうしゅう》では残虐狡猾《ざんぎゃくこうかつ》と恐れられた兵だったのだ。老いて病み、衰えたその体の芯《しん》に残った彼生来の獰猛《どうもう》さが、髑髏《どくろ》のように痩せた顔に浮かんでいた。

□□□

「御前衆が捕らえられた？」

大蓋から有間の元へ駆けつけてきたのは、佐々九野の配下の兵だった。主《あるじ》が捕らえられたことを知らせ、助けを求めに来たのだ。

有間は驚き呆《あき》れ、束《つか》の間《ま》絶句した。

「はい。御前衆が阻止していたので軍を動かせなかったらしく。それを取り除き、軍を動かすためと」

「国主が厳命すれば軍は動く。御前衆が軍を動かすのを阻《はば》んだというのは、表向きの理由だな。腹いせだろう。彼らがわたしを穴から出したせいでこうなった、と。父国主らしい執念深さと莫迦《ばか》らしさだな。それで御前衆はどうなった」

「穴に降ろすと、国主様は。吾が主も、伴安人様、蘇門真壁様も、ともに繋《つな》がれて籠《かご》に入れられ、大蓋から連れ出されております」

「御前衆には恩義がある。なんとかする。よく知らせてくれた」

約束して、疲労困憊《こんぱい》している様子の兵を労《ねぎら》ってさがらせた。

「なんと莫迦げたことをするのだ」

吐き捨てると、有間は焚火《たきび》の周囲に置かれた石の一つに、腰にある毛皮飾りを敷いてその上に座った。

反封洲の兵は飾りとして腰に毛皮を着けているが、これは元来、野外で座るために腰につけていた毛皮が飾りのように見栄《みば》え良く変化したものだった。多くの者はこれを大切にして櫛《くし》を入れたりもするが、有間は頻繁にこうして、本来のように使ってしまう。

だから彼の毛皮飾りは、他の者に比べて毛並みが悪い。

手近な枯れ枝を火に投げ込み、歯を食いしばる。

（あの年寄りたちを穴に降ろすというのか）

あの大地の亀裂《きれつ》――穴は、郡主《こおしゅ》透谷が治めていた北郡《ほくぐん》内陸にあり、大蓋から南東に、人の足で二日の距離だ。

（老人は――すぐに殺される）

経験上、有間は知っていた。穴に降ろされた者は、利用価値によってどれほど生きられるかが、まず決まる。使えないと穴の者どもに判断されれば一晩生きられない。

御前衆を穴に落とすのだけは、阻止しなくてはならない。

しかし今、有間の軍がいるのは南奥郡《みなみおくぐん》と中郡《なかのぐん》の境あたりだ。彼の軍と穴をつなぐ主要道の途中に大蓋がある。

戦を避けて穴に向かうためには、大蓋を迂回《うかい》する必要があった。主要道をさけて迂回すれば悪路を行く必要があり、さらに移動の距離も伸びるので、御前衆を救うのには間に合わない。

当初の予定通り、進軍するのが最善策だった。

予定通りの道を使って進軍して大蓋へ乗り込み、屋人を討つ。

この場所から大蓋郊外へは、おおよそ一日あれば到着できる。

進軍をいくらか早めて屋人を討ち取り、兵たちを穴に走らせれば、御前衆たちは救えるはずだ。

（進むべきだろう、このまま）

煮炊《にた》きの物音が、森のあちこちから聞こえる。軍士たちの談笑と薪《たきぎ》がはぜる音と、麦を煮る香り。有間も彼らと同じように小さな焚火を熾《おこ》し、携行していた、末醤《まつしょう》と胡桃《くるみ》を練り込んだ麦の餅《もち》を炙《あぶ》って食べた。郡主であり、軍団を率いる将ではあったが、それを囲う天幕などという余裕のある拵《こしら》えはない。

林立する木々の幹が、あちこちの焚火の灯りに照らされている。その背後には濃い影が落ちて、光と影が入り乱れていた。

半分に割れた赤い月が出ている。

暖かい夜気に染められたように、異様な赤みを帯びた月だったが、そのおかげで森の外へ出れば歩ける程度の視界はあった。常緑の葉が茂る森の中は、さすがに暗い。

奥三郡《おくさんぐん》が抱える三軍の総数は九千だったが、郡領の護《まも》りのために四千は中奥柵《なかおくさく》と南奥《みなみおく》柵《さく》に振り分けて残してある。

有間が現在率いる軍士は、五千。

屋人が擁する国軍と、透谷と敬谷が治めていた両郡の軍団が動けば、総数一万三千。

それに対抗するにはあまりにも数が違いすぎるが、これが有間がもてる戦力なのだ。

あと頼りになるのは、書札のみ。

吾らは持節の軍だと、かなりの数をさいて、進軍に先駆けて触れ回らせている。そのおかげか行く先々で民が兵糧《ひょうろう》をわけてくれたので、軍士たちは疲れもなく、飢えもなく、壮健でいられた。

有間の左手にある雪檜葉《ゆきひば》の幹に、書札が括《くく》りつけられた奥三郡の郡旗の竿《さお》がたてかけられている。それを見やって苦笑する。

（役に立っているぞ皇尊、あなたの書札）

気弱な文を送ってきた彼女は今、どうしているだろうか。有間の文が届いたならば、どうかそれを読み、先に踏み出していってほしいものだった。

信頼できる者をみつけて増やせと、有間は文に書いた。それは穴の底で学んだ、そしておそらく人の世のどこででも根底に流れる、生き残るための真理のように思う。

「兄君、どうぞ。さっき里《り》の者が来て、配ってくれました」

雪檜葉の幹の影の濃い場所から、壱岐が近づいてきた。有間の隣の石に腰を下ろし、手に持っていた米の握り飯を差し出す。

贅沢《ぜいたく》なふるまいに驚いたが、おそらく里人が、持節の軍という触れ込みに畏怖《いふ》を覚えたからだろう。

龍《たつ》ノ原《はら》――反封洲の民からすれば、御伽噺《おとぎばなし》の中にある国にすら思える龍《りゅう》の棲《す》む国。そこを統《す》べる皇尊の手による書札が授けられているのだ。理屈はないだろうが、とりあえず人々はその威光にあやかりたいと感じ、こうして最高のふるまいをするのだろう。

「おまえも龍ノ原に連れて行ってやれば良かった、壱岐。あのときは、あのような胡乱《うろん》な小国に面倒な雑用で行かされると、うんざりばかりしていたが」

有り難く米を嚙《か》みしめながら言う。

「どうして一緒にと？」

自分も握り飯にかぶりつき、壱岐は小首を傾《かし》げる。

「神々《こうごう》しいものを見たのだ」

「神々しい!?」

壱岐は目を瞬《またた》く。

「有間兄君から、本気でそんな言葉を聞くなんて思いませんでした。神も権威も、なにもかも、いつも鼻で笑っておられるのに」

「そのわたしが神々しいと思えるものだった。龍を見たのだ。しかも数千、皇尊の頭上に集い渦をなした。あれが人を助けてくれるとも思えんが――神に近い何かだろうと感じた」

「へぇ」

「美しい光景だった。だから、おまえに見せてやりたかった」

「ありがとうございます」

照れ隠しのように、壱岐は炎に目を向ける。

「そんな風に思ってくれるだけで、嬉《うれ》しいことです」

しんみり口にした後、急におどけた口調になった。

「そうだ。機会があれば連れて行ってください、龍ノ原に」

「国主になったらもう一度龍ノ原に行くと、皇尊に約束した。そのときはおまえを必ず連れて行く。あれほどの光景は見られまいが、龍の姿なら見られるだろう」

暗闇《くらやみ》に目を向けて、壱岐はそこに何かを見いだそうとするように目を細める。

「どのような姿なのでしょうか、龍とは。どんなふうに空を泳ぐのか。それを見たら何を思うのでしょうね、わたしは」

この弟は幼い頃から、辛《つら》い思いが多かったのだろう。少年のときに、穴から帰った有間に懐《なつ》いたことからも、それは察せられた。常に快活にふるまいながら、心の奥底に何かを抱えていそうな気配がある。それを取り除いてやれれば、楽しいふりではなく、心から楽しそうにするのではないか。

龍の姿を見たからと言って、彼の抱えるものが氷解するはずもない。しかしわずかばかりでも彼の視野を広げ、楽にしてやれるかもしれないと思う。

そのとき。

ひゅっと、游気《ゆうき》を裂く音がした。反射的に有間は身を低くし、壱岐も同様に石から降りて膝をつく。

「兄君。矢の音が」

緊張した壱岐の声。

手を地面につけ、炎に隠れるように身をかがめて周囲に目を走らせると、ちらりと揺れ光る灯りが闇の向こうに見えた。遠い。だが確かに、有間たちが野営地として選んだ雪檜葉の森を見下ろす小高い丘の上に、一瞬だが炎の揺らめきがあったのだ。すぐにそれが消えたのは、意図的に隠されたのだろう。

そう判断するかしないかのうち、森の中から幾つもの悲鳴があがり、怒号が飛んだ。

何事かと立ちあがろうとした壱岐の足もと近くに、四本の矢が突き刺さる。

「奇襲だ！」

有間は声を限りに叫ぶ。

「火を消し、森の北側へ走れ！　森からは出るな。森の北側で森の外を注視し、潜め！」

その声に応じて、火を消せ、北へ走れと、声がこだまする。

（まさか郡境まで出向いてこようとは。しかも少数で）

数で上回る軍は、透谷や敬谷のように数を恃《たの》みにしたくなる。それが最も確実だからだ。こうした少数の奇襲は、数で劣る側が仕掛けるものだ。

しかもまだここは郡境。遠征し、少人数で奇襲を仕掛けるうまみはない。軍士が疲労するだけで、たいした戦果はあがらない。

（誰が指揮している）

敵の拠点は正面の丘の上。そこから幾人かの隊にわかれ、野営地に忍び寄り、焚火の灯りを頼りに矢を射かけた。

しかし焚火が消され、月明かりの届かない森の奥へと逃れれば、それを追っては来ないはずだ。闇の中を深追いすれば、反撃される危険が生じる。

暗闇から、平手打ちを食らわすような奇襲。

たいした威力はないが、脅かすには充分だ。大戦の前に、こちらの軍士たちに恐怖心をうえつけるのが目的だろう。戦うべき相手が恐ろしい——その気持ちが軍士一人一人の心に芽生えれば、軍が勢いに乗れない。

これは戦い慣れた者の、緒戦のやり方か。

（戦い慣れた兵は、一人でも減らしておくべきだ）

一撃を食らわせ戦意をくじき、こちらが反撃のそぶりを見せれば素早く退却する。それが目的であるならば、敵の拠点が手薄のはずである。そこを突いて、指揮を執る兵を仕留められるかも知れない。

「ついてこい、壱岐」

命じると、身を低くして走り出す。壱岐も同様に走る。

鞘《さや》の中でこすれる腰の太刀が鋼《はがね》の音をたてないように手で押さえ、月明かりをたよりに正面の丘へ駆けあがる。

岩の多い丘だ。岩の合間に雑草がはびこっていたが、それらは柔らかな草だったので、さして音をたてずに移動できた。草が元気な夏で幸いだ。枯れ草であれば否応《いやおう》なしに、乾いた音が出てしまう。

案の定、丘の頂に黒い革で作られた大きな幕が張られている。光を漏らさないように幾枚もの革をつなげたそれは、軍団の装備でも限られた者しか使えない貴重品だ。

幕の背後に回り込むと、意外なほどの多くの軍士と兵たちがおり、彼らの中心に黒塗りの腰輿《ようよ》があった。

屋根つきで周囲に布を巡らせてある。一面だけ布がたくし上げられ、その中にぐにゃりと座る、骨と皮ばかりに痩せた老人の姿があった。

どくりと、こめかみが脈打つ。

(父国主)

大蓋城の奥で命令だけしていれば良い屋人がこの場に出向いたのは、怒りと憎悪《ぞうお》にかられてに違いない。

御前衆を捕らえたことでもわかるが、屋人は狂乱に近い怒りと焦《あせ》りで、真っ当な判断ができなくなっている。御前衆が命を危ぶむほどに病で衰弱しているにもかかわらず、有間の横面《よこつら》を叩《たた》いてやりたい一念のみで、腰輿に運ばれながらも、軍団の指揮を執るために出てきたのだ。

しかしそこで闇雲な激突をするのではなく、緒戦の奇襲をしかけた。

老い病みても、兵は兵か。戦い方が染《し》みついている。

(それほどに腹立たしいか、わたしが)

若かりし頃、屋人は隣国から恐れられた。戦いぶりが冷酷なのも理由だが、奇襲を得意としたからだった。戦意をくじくのが目的だ。

緒戦で脅しをかけ、軍士の士気を下げるのを常套《じょうとう》手段としていたと聞いたことはある。意味もなく、利点もない奇襲は誰も予測できず不意をつかれる。屋人の目的はただ、可能な限り相手を殺すこと。その意味のなさに、敵は恐ろしさを感じたらしい。

(今、やれるかもしれない。しかし)

有間は、腰輿を取り囲む兵と軍士の数、松明《たいまつ》の数を数えた。

壱岐とともに敵のただ中へ飛び込み、松明を全て蹴《け》り倒し視界を悪くさせ、混乱する彼らの中を突っ切って腰輿に駆け寄り斬《き》り捨てる。動くのも叶《かな》わぬほどに衰弱している老人だ。簡単に斬れる。しかしその後、退路はないだろう。

屋人の護衛の帯刀《たちはき》たちに、有間も壱岐も斬り刻まれる。

隣に身を潜める壱岐を見やると、彼は靫《ゆぎ》を負っていた。背には弓が括られている。

（一射ならばいける）

壱岐の袖《そで》を引いて弓と矢を渡すように手振りで指示すると、壱岐は不安そうな顔をし、囁《ささや》いた。

「何をなさるおつもりです」

「これで父国主を仕留められれば、戦などしなくてすむ。おまえは、わたしが一射放つ前に逃げろ」

「それならば、わたしが射ます」

「いや、わたしが射る。これだけは」

これだけは、自分の手でなければならない。冷静な判断ではなく、最良の選択でもなく、ただの妄執だと理解していたが、有間の中にあるものがそこを譲らなかった。

「兄君は……」

暫し、有間を見つめていた壱岐だったが、「わかりました」と頷いて弓と矢を背から外した。

「一射の後に、おまえを追う。放ってすぐに逃げれば、逃げおおせるだろう。心配するな。行け」

逡巡《しゅんじゅん》する壱岐の肩を強く突き飛ばすと、観念したのか壱岐は「早く来てください」と囁き、丘の下へむけて気配を殺して走り出す。

膝立ちで、身を低くしたまま弓に矢をつがえ、引き絞る。

（この手で父国主を殺せる）

たった一射で楽に殺して良いのかと、自分の中にいる何かが囁く。あの老人を地べたに引き据え、泣きわめくのを足蹴《あしげ》にし、血まみれにし、息があるうちに穴に落とすのではなかったのか、と。今生かしておいて、戦を長引かせ、苦しめてはどうか、と。

（仕方ない）

歯を食いしばる。

（仕方ない。この手で殺せるだけでも、良しとしなければ）

屋人を苦しめたい執念だけで、多くの者を死なせるわけにはいかない。そんなことをすれば、身勝手な執着で有間と母を穴に落とした屋人と同じだ。

屋人は腰輿から身を乗り出し、頭をさげている。ゆっくりと、家人に支えられながら上体が布を潜《くぐ》って、外へ出る。

（好機）

いっぱいに弓を引き絞り——立ちあがった。

殺気を感じたのか、偶然か。屋人がこちらを見た。

瞬《まばた》きの間ではあったが、遠く目が合った。

赤い半分の月を背に弓を引き絞る、白髪の姿がその目に映ったのだろう。

目玉がこぼれんばかりに、屋人の目は見開かれた。

「白邪」

と、その口が動く。

有間は矢を放った。矢が夜の游気を突き抜ける。

## 二

屋人は、自分を支えている家人の肩を強く引きつけて盾にした。

矢が、あたった。家人の首に。

（しくじった！）

手《て》応《ごた》えがあるかないかの瞬間に、有間は駆け出していた。

追えという怒号が響く。しかし岩の多い斜面は馬が使えない。身軽で、しかも一度丘をのぼって地形を理解した有間に、追いつける者はいないはずだった。

丘を下り、森に入って北へ走り、奇襲を警戒して身構える軍士たちと合流した。

「どの程度の被害があった」

翌朝。軍監《ぐんげん》をまかせる配下に問うと、彼は残念そうに首を横に振る。

「確かなことはまだわかりませんが、三十人は。怪我人《けがにん》も十数人」

昨夜は警戒を怠らないように夜明けを待てと命じ、待機させ続けたが、再度の襲撃はないだろうと思っていた。こちらが警戒すれば奇襲の利点はなくなるし、有間は屋人に向かって一射放った。姿を見られたのが逆に幸いで、屋人は不意に現れた有間に怯《おび》え、逃げ帰るはずだ。

若き頃から奇襲を好み、冷酷で恐れられた屋人だが、それは臆病《おくびょう》の裏返し。怯えて逃げ出すのも早い。

案の定、夜が明けてみると向かいの丘から、敵の姿はなくなっていた。

死者の埋葬を里人にゆだね、怪我人は南奥柵に送り返す手はずを整え、軍を進めた。

「また、奇襲があるでしょうか」

　馬を並べた壱岐が不安そうに問う。

　有間も壱岐も、たいした装具は身につけていない。小粒な鋼を縅《おど》した胸当と、腕と脛《すね》を護る薄い鋼板。粒の銅を縫い込んだ手甲。その程度なので目立たないが、二人の背後に従う配下には、書札を括りつけた郡旗を掲げさせ、持節の軍であると誇示した。

「奇襲はこちらが油断していなければ、成果がない。こちらが忘れたころになら、再度試そうとするだろうが、そんな暇《いとま》は与えん。一両日中には大蓋を攻める」

「父国主の軍の数は、最大で一万三千はありましょう。勝てますか」

「普通に考えれば勝ち目はない」

　ぎょっとする壱岐に、笑顔を返す。

「一万三千が役に立てばの話だ」

「役に立たないと？」

「昨夜の奇襲に、父国主が乗り出した。恨みと怒りで出てきたのだろうが、まともな将が配下にいれば止めるだろう。少なくとも、透谷、敬谷ならば止めただろうし、父国主も奇襲を任せたはずだ。御三家の将にしても同様。ということは、御三家の頭領は父国主に従っていない。急ごしらえで将は立てたかもしれんが、父国主を抑えられぬような将は、役に立たん」

　大蓋までの道のりは、およそ一日。

しかし国主の軍が大蓋を出たという知らせは、間諜《かんちょう》から届かない。そのかわりに届いたのは、大蓋の都を取り囲む空堀《からぼり》にかかる橋が、ほとんど打ち壊されたということだった。残されたのは南に一つ、北に一つの、細い橋が二つのみと。

民が、都から外へ出るのは禁じられたという。

それが意味するところは、民を盾にした籠城《ろうじょう》か。

大蓋に集まった軍士の数は、おおよそ七千だという。

半数近くは南郡《なんぐん》、北郡の郡家《こおけ》から動いていない。大蓋への集結の命令は発せられているが、奥三郡の遠征から戻ったばかりで、準備が整っていないらしい。南郡の郡家に三千、北郡の郡家に三千の軍団が置かれたままだ。

炎天下の行軍は、体力を削《そ》ぐ。水辺に近い森などがあると、有間はその度に小休止をとらせた。日射《ひざ》しは強いが、反封洲の夏は游気が乾いている。そのために木陰に入り、水のせせらぎの近くに座ると涼がとれた。

涼鳴《りょうめい》を聞きながら軍士たちは足を休め、談笑していた。あそこに骨喰《ほねはみ》がいたという者があれば、元気な若者が「仕留めてやる」と、立ちあがったりしている。奇襲を受けたが、幸い士気は高い。

壱岐と並んでせせらぎで顔を洗っていると、岩陰に小さな魚が泳いでいるのが見えた。壱岐が、釣りがしたいなぁと、呟く。壱岐は川釣りが好きなのだ。

「戦が終われば、存分にやれ。宮魚《くうぎょ》に飲まれないようにしろ」

「わたしはそこまで、間抜けじゃありませんよ」

と応え、手《て》拭《ぬぐ》いで顔を拭《ふ》く壱岐の背後から、里人らしい女が近づいてきた。「伴壱岐様でしょうか」と、声をかけてくる。

「そうだが」

「この文を渡すようにと、里長《りのおさ》に頼まれたのですが」

「兄君ではなく、わたしに？」

「はい。以前、壱岐様にお世話になった、ある方からと」

くしゃくしゃの料紙を折りたたんだ文を渡すと、女はそそくさと去った。いぶかしげな顔で文を広げた壱岐は、文字を目で追う。

「まことに知人か？」

「ええ。わたしが幼い頃に、子守についていた女です。すぐそこの里に身を寄せているらしいので、顔を見に行っても良いでしょうか。出発までには戻ります」

進軍し、たまたま小休止した近くの里に知人が身を寄せていた。さらに、ここに壱岐がいると気づいて文をよこす――そんな偶然は滅多にないはずだ。

「おまえの身に危険はないか？」

「大丈夫ですよ。ちょっと顔を出すだけです」

妙だと思ったが、有間に告げたくない何かがあるのだろう。

「行ってこい。遅れるな」

はいと頷き、壱岐は駆けていった。

□□□

貧しげな里だった。森の中の閑地《かんち》に、あちらに一軒、こちらに一軒と、どれも板葺《いたぶ》き屋根が傾きかけた小屋が点在しており、戸数は八戸ほど。以前はもっと戸数があったのかも知れないが、今はその程度の数しかない。

各々《おのおの》の小屋の周囲はそれなりに広々としているが、畑が作られているわけでもなく、雑草が繁茂するに任されている。人は住んでいるらしく小屋の戸は開いて、出入りの足跡はあった。大きく穴の空いた籠などが戸口に立てかけてあり、その中には雑に木ぎれが突っ込んである。

里全体に投げやりな感が漂っている。郡から土地を与えられる郡戸の里ではなく、離散して人がいなくなった里に浮民が住み着いただけの場所かも知れない。

こんな場所が中郡には多くある。

（この二年、奥三郡では見ないような場所だ）

貧しいとされている奥三郡が、今は中郡よりも暮らしやすくなっている。

郡主――有間の功だ。

（有間兄君は傑物だ）

ことあるごとに、壱岐はそう思う。穴の底から生還しただけでも、尋常ではない人なのだ。

有間ほどではないが、透谷も敬谷も、壱岐に比べれば優れていた。透谷は利発なうえに努力家で、細身の体を鍛えて兵として太刀を振るえるようになった。敬谷は生来、体《たい》躯《く》に恵まれていた。考えは単純ではあったが、剛胆で強かった。

八戸ある小屋はどれも似たような造りで、里長の小屋がどれなのかわからない。

ぐるりと見回し、一軒だけ戸を閉じた小屋があるのに気づいた。

あれが里長の小屋か訊《き》きたかったが、先ほどの女はもちろん、誰一人いない。意図的に人払いされている。おそらく衣《きぬ》か銭かを摑《つか》ませて、すこしの間、里を離れていろと里人を追い払ったのだろう。

戸の閉まった小屋に近づき、戸板越しに問う。

「美矢比《みやび》？」

衣擦れの音がした直後、戸が軋《きし》み開かれた。

「壱岐。ああ、壱岐。信じていたわ。来てくれたのね」

美しい美矢比の顔が、そこにあった。

身につけた衣は、彼女の白い肌に映える薄紅で、つやつやと汚れもない。髪も梳《くしけず》られ、耳のあたりに白い木槿《むくげ》を飾っていた。形良い目と、紅をひいた可愛《かわい》らしい口元。幼い頃からいつも、憧《あこが》れていた媛《ひめ》だ。

周囲を見回し、美矢比は壱岐の手を引いて小屋の中へと導く。

土を突き固めただけの土間が半分、奥半分には床が張られていた。

床には美矢比の持ちものらしき小さな葛籠《つづら》があり、絹の敷物が広げられている。

「文をもらって驚いた。国の外へ出なかったのか、美矢比。もし有間兄君に見つかったら、今度こそ……」

床にあがって腰を落ち着け、美矢比と向き合った。

「女が一人、国を出て生きられると思う？　そんなこと無理だわ」

「今までどうしていた」

「あれから走って走って、敬谷の軍に助けてもらったの。それで大蓋へ」

国主に護られ生きてきた美矢比が、いくら有間に恫喝《どうかつ》されたとは言え、単身隣国へ逃げ出すような真似《まね》ができないのは当然だろう。それは想像できたことだが、今こうして壱岐に文を送ってきた意味、そしてこんな場所にいる理由はわからなかった。

「父上に庇護《ひご》を求めたのか。それで、どうしてこんなところにいる。なぜ、わたしに文をよこした？」

「有間の軍が大蓋に迫っていると聞いて、逃げてきたのよ」

「どうして」

「怖いからよ。有間が来たら大蓋は……」

おそらく美矢比は、屋人が負けると考えたのだ。だからこそいち早く逃げ出したのだろう。

（それほど大蓋城の状況は良くないのか）

軍団をまともに指揮できる将がいないのだろうと、有間も口にしていた。数で不利なのにもかかわらず、有間のほうに勝ち目がある。

「有間兄君が怖いか」

「怖いわ。あの人は獣よ。でも、あなたは違う。ずっとわたしと一緒に育って、ずっとわたしに優しかった。酷《ひど》いことができる人じゃない」

自分の行動を思い返し、壱岐は美矢比から目をそらした。

「でも、わたしは、おまえを射殺そうとした。透谷兄君が討ち取られた、あのときに」

「あの場には有間がいたわ。もし有間がいなかったら？　わたし考えたの。有間がいなかったら、あなたはわたしに矢なんか向けなかった」

暫く沈黙した後、壱岐は本心を吐露した。

「……できなかったかも、しれない。おまえのこと好きだから」

有間の元を離れたい、だから迎えに来てくれと透谷に懇願する文を見て、彼女が有間を裏切ろうとしていると知ってなお、壱岐の美矢比への恋情は胸にこびりついたままだった。

日和見《ひよりみ》の女とわかっても、顔を見れば美しいと思ったし、可愛い気がしていた。射るぞと脅したあのとき、胸が痛んだ。彼女がこれからどうするのか、気になって仕方なかった。しかし彼女を近くに置く危うさも理解はしていたので、気持ちを抑えて冷徹にふるまったのだ。

「壱岐」

しどけなく横座りした美矢比は膝を寄せ、下から壱岐をのぞき込む。

外から涼鳴が聞こえる。戸を閉め切った小屋の中は暑い。汗ばんだ美矢比のうなじを間近に見ていると、彼女は暑さにたえかねるように胸元をくつろげる。

「わたし、あなたがわたしのことを好きなの、ずっと子どもの頃から知っていたわ」

柔らかな声に、ぴくりと壱岐の指先が震えた。つきんと針を刺されたような痛みが、胸に走る。

聞き間違いかと思い、

「……え？」

と、問い返していた。

「なんて？　気づいていた？　もしかして、わかっていて」

紅をひいたつやつやとした唇に、媚《こ》びを含む笑みを浮かべた美矢比は美しい。

「ええ。知ってたのよ、わたし」

「わかっていたのか。気づかないはずないとは思っていたけれど……。ただおまえはそういったことに無頓着《むとんじゃく》で、気づいていないのかもしれないとも」

大蓋に攻め込まれ有間に見つかれば、今度こそ美矢比は殺されるかも知れない。彼女はそう考えて逃げ出したが、庇護を求める相手が壱岐しか思いつかなかったのだろう。有間と行動を共にし、従う壱岐だが――ずっと壱岐は美矢比が好きで、彼女に一度たりとも不快な思いをさせたことはなかったからだ。

壱岐であれば、有間の目から自分を隠し、護ってくれると美矢比は考えた。うまくすれば彼女を庇《かば》い、有間を説得してくれる可能性もあると。

「わたしもあなたが好きよ、壱岐」

甘く囁くと、壱岐の肩に両手をかけ、己の方へ引き倒すようにした。抵抗せずにされるままにしていると、絹の敷物に横になった美矢比に覆い被《かぶ》さるような体勢になる。

はっとして壱岐が上体を起こすと、そんな彼をあやすように美矢比は微笑《ほほえ》み、胸元を大きくくつろげた。白い乳房があらわになる。美矢比の手は壱岐の手を取り、それを己の胸へと導く。

「ああ、壱岐」

美矢比は吐息を漏らす。

「ずっと知っていたんだな、わたしの気持ちは」

「ほんの小さな頃から気づいてたわ。この人はわたしが好きなんだって」

「気づいていた。知っていた……。けれどおまえは、ずっと……」

呟くと不意に、泣きたいような気持ちが喉の奥からわきあがる。

幼い頃から美矢比は、贈り物をされるのに慣れきっていた。多少のものでは喜ばなかったが、透谷や敬谷が贈り物を持ってくると、つまらなそうにしながらも一応は面と向き合って手に取り、「いらないわ」「もらっておくわ」と、返事をした。

壱岐は美矢比の気を引きたくて、彼女が好きな木槿や可愛い仔猫《こねこ》をみつけては贈ろうとしたが、彼女は声をかけても、つんとして返事をしないどころか、こちらを見もしないのがしばしばだった。壱岐はそれを、自分の贈り物がみすぼらしいからだと思った。

美矢比が壱岐に微笑みかけることなど、なかった。

しかしある時から、壱岐に微笑みかけてくれるようになった。

それは彼女が、有間が好きだ、彼の妻になりたいと口にするようになった頃だ。壱岐のところに来ては、微笑みながら問う。

有間には好きな人がいるの？

有間は元気？

あなた、有間の治める郡の郡介《こおのすけ》になるなら、一緒に連れて行ってくれない？

微笑みかけられるようになったが、無視されているよりも、胸苦しくなった。美矢比が微笑んでくれるのは、有間の気を引くために、彼に信頼されている壱岐から様々なことを訊きたいからだ。そして必要なことを訊き終わると、壱岐の問いかけなど、するりと聞こえないふりをするのも度々だった。むごいことをする、と思った。

「ずっとだ。ずっと随分、わたしに酷だった」

しかし壱岐の気持ちを知らないから、気づいていないから、そんなふうにふるまえるのだろうと思い込もうとした。だから微笑みかけられる嬉しさを得るために、苦しさをとった。

しかし——美矢比は知っていた。

知っていて、そんなふうにふるまい続けた。

その理由。

「……他の兄弟たちよりも……」

胸の内側が瘧《おこり》のように震えている。震えているのは幾年もの間に溜《た》まり続け、ねとりとした油のように全身を満たしている哀《かな》しみ。そこに小さく弾《はじ》けた火花は——怒り。

「壱岐？　なあに？」

その瞬間、哀しみが発火した。激しい憎悪になって燃えあがった。

「おまえは、他の兄弟たちよりも、わたしを軽《かろ》んじ続けていた……！」

腰を浮かして太刀を抜いていた。

美矢比の目が驚愕《きょうがく》に見開かれるのと同時に、刃《やいば》を渾身《こんしん》の力で彼女の胸に突き立てた。

悲鳴と同時に口から血泡があふれ、ごろごろという音になった。さらに深く押し込もうと、手に力を込める。これ以上突き刺さらないと知っていても、まだ深くと。

もがく四肢の力が弱まり、美矢比の目から光が失《う》せる。目を見開き、微かに全身が痙《けい》攣《れん》していたが、——事切れた。

柄《つか》を握っていた手の力を緩め、立ちあがり、刀を抜く。どろりと白い胸の傷口から血があふれたが、飛び散りはしない。心の臓が完全に止まったのだ。

美矢比の髪から抜け落ちた木槿の白い花びらの数枚が、刀から滴《したた》った鮮やかな赤に染まっていく。

刀身を振って血脂《ちあぶら》を振り落として鞘に収めると、骸《むくろ》になった美矢比を見下ろす。

「わたしはやはり誰の目から見ても、ものの数ではない俘虜《ふりょ》の子なんだな」

美矢比も内心では壱岐を蔑《さげす》み続け、一顧だにしなかったのだ。

惨《みじ》めだった。最後の最後に、もはや手がないとわかった時にようやくすり寄ってきた彼女のあり方が、壱岐をさらに惨めな気持ちにさせた。

届けられた文を読んだとき、有間に嘘《うそ》をついてまでここに来たのは、何を期待してだろうか。

美矢比が、壱岐の気持ちにまったく気づいていない可能性を信じたかったのかも知れない。壱岐の気持ちを傷つけて平気なふるまいをするのは、気づいてないからだと。助けを求めてきた美矢比に己の気持ちを話せば、彼女は驚き、そして頼りになる壱岐を受け入れてくれるのではないか。そうすれば壱岐は有間を説得し、美矢比を妻にして――。

そんな莫迦のようなことを、無意識に望んだのかもしれない。

両手で顔を覆《おお》う。

（悔しい）

己が己であることが、これほど情けなく悔しかったことはない。

□□□

巡らされた空堀で、周辺の土地から切り取られたように見える都、大蓋《おおがい》。

空堀にかけられていた橋はほとんどが落とされている。南と北の二カ所に、馬一頭が通れるか否《いな》かの幅しかない細い橋が残されているのみ。

平野の中で、盆の上に盛られたような大蓋。その中心をなす大蓋城の周囲には、隙《すき》がないほどに国旗が立てられていた。こけおどしだろうが、威圧感はあった。

さらに二層の門や、築地塀《ついじべい》に等間隔にもうけられている櫓《やぐら》には軍士がひしめいている。

街中に人の姿は見えないものの、家々の窓から竈《かまど》の煙があがっていた。民は残されている。

「攻めづらいですね」

馬上から大蓋を見下ろした壱岐が、眉《まゆ》をひそめた。

「南と北の二方向から入っても、そこで待ち伏せされて叩かれます。よしんば犠牲覚悟でそこを通り抜けても、混乱した民とぶつかって城まで行けない。行けたとしても今度はあの数の軍士が、堅牢《けんろう》な築地塀の上から矢を降らせてくる。そうして攻めあぐねていると、今度は北郡と南郡の軍団が押し寄せて、吾《われ》らを囲むという。これは、これは、どうしましょうか」

冷静に状況を読み解きながらも、最後にはふざけた調子になる壱岐は、いつもの彼だった。

昨日、小休止の折に子守の女に会って戻ってきた時、壱岐には特に変わった様子はなかった。「会えたか」と訊いた有間に、「はい」と笑顔で答え、「しかし随分老《ふ》け込んでいましたね」などと答えていたが——有間は、壱岐が本当に子守に会ったとは思っていなかった。取り繕ってはいるが、傷ついたときに無理に明るくふるまう壱岐と、すこし気配が似ていた。有間に言えない、言いたくない相手と会い、何かがあったのだろうとは察していた。

　壱岐を信頼しているので、あえてそれが誰か、何があったか、追及するつもりはない。言いたくなったら壱岐の方から言うだろう。

「ほぼ、籠城の構えだな」

「そうですね。だから攻めづらい」

「攻めづらいなら……攻めなければよかろう？」

　馬を並べていた有間は、横目で壱岐を見やった。

「攻めなければ、父国主《こくしゅ》を討つことはできません」

「しかし不可解ではないか？　壱岐。敵には総数一万三千の軍士がいても、指揮を執れる者はほとんどいない。まともに指揮がとれるのは、おそらく死に損ないの父国主のみだ。それが大蓋に籠城しているというのか？　信頼できる将もいない南郡、北郡の軍団が思惑通り動かなければ、いずれ干上がるのを覚悟で籠城するほど、父国主は戦に疎《うと》くあるまい。動きが不可解なときは、必ず相手は策を廻《めぐ》らしている」

　そのとき、

「怪しい者がおりましたぞ！　若」

背後から、若い配下の張り切った声がして、さらに「痛い、痛い」と情けない悲鳴が続く。配下は得意満面で、捕らえた中年男を後ろ手にねじ上げ、こちらに連れてくる。

「東二《とうに》」

と、有間と壱岐が同時に声をあげたので、若者はきょとんとした。

「お知り合いで？」

「だから申し上げたじゃございませんか。わたしは、有間様とは主従の契《ちぎ》りを交わしたのだと」

「そんなものは交わしておらんが、知り合いだ。放してやれ」

馬を下りた有間と壱岐は、解放されて痛そうに腕をさする東二の様子に、互いに顔を見合わせていた。怪しいと言われても当然で、着崩してはいたが、龍ノ原風の衣装を身につけていたのだ。

「どうした、それは」

「ええ。龍ノ原の皇尊《すめらみこと》から頂いた衣でございますよ」

「龍ノ原？」

と明るい色を壱岐が見せる。

「しかも皇尊？」

「はい。皇尊にお目にかかりましたぞ」

言うと、懐《ふところ》から文を取り出した。すがすがしい白杉《しらすぎ》の香りが立つ。

「有間様の文、確かに皇尊にお届けいたしました。そしてこれは、皇尊からのお返事です」

「届いたのか。そして、また返事を」

「はい」

「……よく働いてくれる」

口をついて出た、その思わずの感謝の言葉に、東二はにこりと、商人らしさとは違う笑みを一瞬見せた。

有間は東二に、皇尊への文を託しただけではなかった。奥瀬《おくせ》柵《さく》が襲撃される前、透谷の動きを知らせるようにと命じていたのだ。東二はそれに従って、透谷が北門津《ほくもんつ》にいないことを突き止めて有間に知らせた。それによって有間は、透谷が奥瀬柵に出征していると知れたのだ。

「恩は大きく売りませんとな。期待しております」

再び商人らしい口調と笑みで言うと、恭《うやうや》しく文を差し出す。

手渡された文を開き、目を通す。読み進めていくと、自然と口元がほころぶ。

（あなたはなんとも不器用そうだが、歩みは続けているのだな、皇尊）

そこには、信頼できる臣下を得られたと書かれてあった。大切な者を傍らから離すことなく、国を護っていきたいとも。

そして——少し心配そうに、あなたは元気でいるだろうか、とあった。国主になったあかつきには約束通り、必ず龍ノ原に来て欲しい。最後はそう締めくくられている。

人のことを心配している場合か、と思う。不《ふ》津王《つのおおきみ》は、日《ひ》織《おり》を過誤の皇尊などとする書札《しょさつ》を反封洲にくだしているのだから、安穏とはしていられないはずだ。

しかしそんな状況にあってもこちらを気にすることに、友としての情を感じる。

「壱岐。皇尊が必ず来いと言っている」

「兄君に同行するのが楽しみですね」

そこで東二が、そつなく申し出た。

「また、お返事を龍ノ原へお持ちしましょう。今、書かれますか？」

すこし考えて、

「いや」

と、答えて文をたたんで懐に入れた。

「次は、わたしが国主になった知らせを送る。それまでは良い。それよりも東二、調べて欲しいことがある。商人ならば、簡単に調べがつくはずだ」

「なんでございましょう」

「川船の積み荷だ」

「はあ」

不審そうな東二に、調べるべき事柄を伝えると、彼は有間の意図を察したらしく力強く承知しましたと答えた。

頼むと頷《うなず》いたあと、ふっと一瞬、妙なことを思った。皇尊への文を、今書けば良かっただろうかと。

もし返事を書けなかったら、と。

三

翌朝。

持節《じせつ》の軍を称する、奥三郡の軍団が動き出した。

持節の軍は大蓋城へ通じる唯一《ゆいいつ》の道となった、南と北の橋のたもとへと、二手に分かれて布陣した。

南の軍士の先頭には騎乗した白髪の兵《つわもの》の姿があり、節書《せつしょ》を掲げた郡旗を手にしていた。

南に寄せた軍団の背後で狼煙《のろし》があがる。

それを合図に南北の橋へ、一斉に持節の軍士が押し寄せた。

橋のたもとで、大蓋城から飛び出した軍士たちが侵入してくる者たちを迎え討つ。攻め入っていく持節の軍士たちは幾人も槍《やり》で突かれ、太刀で斬られ、空堀へ転落していく。

さらに橋を渡って城へ向けて騎馬が突っ込むが、一頭ずつしか通れないまどろっこしさだ。まばらに突入していく騎馬は、蟻《あり》の群れに襲われるように徒歩《かち》の軍士に群がられ、馬が倒され、あるいは馬から引きずりおろされ、空堀へ投げ込まれる。

二刻も経《た》たぬうちに、持節の軍団は攻撃を止《や》めて退却した。

それをあざ笑うように、大蓋城の南門の上では、軍士たちが各々の槍を交叉《こうさ》して打ち鳴らし合い声をあげた。その声と音が大蓋を覆い、退却する持節の軍の背中を打つ。

大敗――にもならない。

まともに戦えてすらいないのだ。敵の備えに歯が立たない。

持節の軍団は、大蓋城へ到達することすらできずに日が暮れた――。

そして同日。日が暮れたとき。

大蓋から人の足で一日半ほど離れた場所に、科人《とがにん》を運ぶ者たちの姿があった。

単身で歩けばもっと早く進めるのだろうが、彼らは総勢十人で、さらに籠《かご》に押し込めた科人三人を荷車に乗せて移動しているために、かなりの時間を要していた。真夏の暑さで度々休憩を必要として、それもまた足が遅くなる原因にもなった。普通ならば一日半の距離を、二日半かかってしまっている。

日が沈むと游気が冷えるのが、反封洲の夏だ。しかしここ北郡は、奥三郡ほど土地が凍らないため、寝苦しい夜が多い。

今夜は、いやに暑い夜だった。

小さな池の畔《ほとり》に広がった疎林《そりん》に荷車を入れ、彼らは水辺で焚火《たきび》をしていた。石ころが多く、まばらな下草が生える木の根元に荷車が置かれ、傍らに荷台から降ろされた籠が三つ並んでいる。大人一人が膝《ひざ》を抱えて座れる程度の籠で、頑丈な竹で編まれていた。

編み目の向こうに、三人の老人がそれぞれ押し込められていた。一人はぐったりと顔を伏せていたが、残りの二人は堅く目を閉じ腕を組んで座り続けて、微動だにしない。

焚火を囲んでいた人足の一人が、籠をふり返り顔をしかめる。

「あの爺《じい》さんたち、何者だ。一人はまあ、めそめそと泣き言を言うからただの爺さんだろうが、後の二人。片腕の爺《じじい》と、怖い顔の爺は、一言も喋《しゃべ》らねぇ。気味が悪い」

「わしらが知る必要ないことよ。ただ運びゃいいんだ、いつものように。そして穴に降ろしゃいい」

「にしても、よぉ。役人の顔ぶれが妙だしな」

　水辺にはもう一つ焚火があり、そちらの方には兵が三人、火を囲んでいた。人足はそちらを見やった。

「ありゃ、帯刀じゃないのか。国主の護衛の兵だろう。獄所の役人じゃねぇぞ」

「知らんわ。とにかくわしらは、運べば良いんじゃからの」

　不意に、ぎぎぎっと疎林の方で獣の声がした。骨喰ならば、うかうか寝ていたら食いつかれるかも知れないと、皆が顔を見合わせた。すると、

「骨喰かもしれぬ。見て参れ」

　もう一方の焚火の方から、兵が命じた。すると、人足たちの視線が最も若い男に集中する。行けと背中をどやしつけられ、若者は渋々、槍を摑んで立ちあがった。

「あいつら偉そうに役人風吹かして太刀を佩《は》いてるんだから、自分で見に行きゃあいいんだよ」

　若者は片手に、焚火から引き抜いてきた火のついた薪《たきぎ》を持ち、もう一方には槍を構え、ぶつぶつ言いながら籠の横を通り、疎林の中に踏み込んでいく。

　しばらく進むと、焦《こ》げ茶の毛皮の猿が地面に倒れているのが目に入る。ぴくぴくと鼻先が痙攣しているが、息絶えているのはわかった。そしてその毛皮に突き立っているのは、矢だ。

「こりゃ……誰が」

と地面にかがみ込んだ背後から、低い声がした。

「声を出すな」

誰かが背後にいた。それも息が触れるほど近く。気づいた若者は驚きのあまり、悲鳴も喉《のど》の奥に張りついたらしく、震えだす。

「誰、誰だ、あんた」

「おまえたちに危害を加えるつもりはないが、流れ矢が当たらんとも限らん。だから先に逃がしてやろう。良いか、この骨喰の骸をもって仲間の元へ帰れ。これを仕留めたように装《よそお》って兵たちを安心させ、それから仲間全員、兵らに気づかれないように焚火から離れろ。できるだけ遠くへ走れ。そのまま家に戻れ」

「でも仕事を放り出したら、罰を食らって」

背後で、その者は小さく笑った。

「おまえたちを罰する者は、死ぬ。安心しろ。死にたくなければ逃げろ。わかったか」

うんうんと何度か頷くと、背後から伸びた手が、骨喰に突き立った矢を抜き、「行け」と囁く。若者は骨喰の足を掴み持ちあげ、ぎくしゃくと立ちあがった。そのとき、自分の背後にいた男の姿を目の端にとらえた。若者は身震いした。

「ありゃ、あの人は。間違いねぇ」

小さく呟《つぶや》きながら、そのまま疎林から出て焚火の所へ戻ろうと歩き出す。

「どうであった。なにかおったか」

遠くの焚火から兵の一人に声をかけられたので、若者は骨喰の骸を掲げて見せた。よくやったと声が返って、彼らはまたこちらに背を向ける。

焚火の所に戻った若者は、腰をおろすと声を潜めた。

「おい、聞け。言うとおりにしないと、俺らは死ぬぞ」

人足たちがいぶかしげに若者を見やるが、彼が話し始めると顔色が変わる。

一人、二人と、何気なく人足たちは焚火の側《そば》を離れていく。七人が全員、焚火の灯りが届かない場所まで静かに移動すると、徐々に駆け出す。

ようやく兵の一人が顔をあげ、もう一方の焚火の周りが無人なのに気づいたらしい。

「おい、人足どもは」

と、他の二人に問いかけるやいなやのそのとき、矢が游気《ゆうき》を裂く音がした。音のした疎林の方へ視線を向けた彼らは、そこから五人の兵が駆け出て、手にした弓を引き絞り、こちらに狙《ねら》いをつけたのを見ただろう。

中央には、ことに目立つ男がいた。

「まさか。こんなところに、いるはずが……」

兵の一人が、目を見開く。

「射よ」

男の号令で矢が放たれた。三人の兵は太刀の柄に手をかけたまま、抜くことすらかなわずに、首や胸や額を射られて倒れた。

小さな池の畔に残された二つの焚火は、翌朝、まだ細い煙をあげていた。人の気配は周囲になかった。残っているのは射殺された三人の兵の亡骸《なきがら》と、空になった科人を運ぶ籠が三つのみ。

そしてこれらが近隣の里の者に発見されたその日も、遠く大蓋では、持節の軍が早朝から戦を仕掛けていた。

持節の軍は新たな作戦に出た。

雪檜葉《ゆきひば》の巨木を切り倒し、その丸太を馬で引かせて運んできた。

空堀の外側に巨大な丸太を立てると、内側に向け、橋を架けるように横倒しにした。長さが足りず、空堀に転がり落ちるものも幾本かあったが、数本は橋の代わりに向こう岸とこちらをつなげた。

そこを持節の軍の軍士が駆け、侵入を試みる。もちろん南と北の橋にも殺到する。

敵方軍士はすぐに対処した。大人数で丸太の橋に取りつき、押し転がし、空堀へ落とす。丸太の橋はことごとく、一刻を待たずに空堀に落とされた。
持節の軍は二日目も、打ち鳴らされる槍音が響くのを聞きながら撤退した。

大蓋は難攻不落の国主の城
国主を御《お》護《まも》りせよ
賊軍を屠《ほふ》れ
国主よ、この様をご覧あれ

南門の上から、撤退する持節の軍を嗤《わら》い、槍を打ち鳴らし、大蓋城の軍士たちは口々に歌い叫んでいた。

□□□

引きつるような笑い声が続いていた。
挟軾《きょうしょく》に身を預けた伴屋人は、今しがた渡された文を読んだ途端に笑い出し、途中で咳《せ》き込み苦しそうな様子を見せた。咳が治まるとまた文に目を落とし、再び笑いがこみあげたのか、ひくひくと肩を揺らしている。

　文を渡した帯刀《たちはき》の兵は、国主の、笑いの発作とも呼ぶべきものを心配げに見まもっていた。

「大蓋の戦況は、どのようになっておりましょうか」

　問われると屋人は、面白くてたまらないような顔で答えた。

「白邪《はくじゃ》は攻めあぐねておる。二日とも早々に退却し、大蓋城に軍士一人たりとも辿《たど》り着けておらぬ。……笑えるではないか。なにが……なにが持節の軍じゃ。謀反人《むほんにん》めが」

　さらに激しく咳き込んだ屋人は、手振りで、傍らにある枢戸《くるるど》を開くように命じた。

「風はお体に障《さわ》りましょう」

「開けよ。良いのじゃ……ここの風が、良い。ここの風に当たってから、わたしは調子が良いぞ」

　帯刀の手で枢戸が開かれると、強い風と一緒に波音が母屋《もや》に流れ込む。

　体の位置をずらし、枢戸の外へ屋人は目を向けた。

　そこからは、荷船が接岸された長大な突堤と、それをゆるく抱きかかえるように張り出した岬が見えた。薄い雲があるものの空は晴れている。ただ、海の色は灰色を帯びていた。波が高いのだ。白い波頭が陸に向けて寄せている。突堤から内陸に向けて広がっているのは、北門津の町並み。

屋人が見渡しているのは、北郡の郡家である北門津。

国主屋人は、大蓋ではなく――北門津にいた。

中郡《なかのぐん》と南奥郡《みなみおくぐん》の郡境で奇襲を仕掛けた直後、屋人は大蓋城を出ていた。

大蓋のある平野には川が流れている。その川を行き来する川船で一気に北門津まで下ったのだ。大蓋城を出てから、たった数刻の後に北門柵《ほくもんさく》に入った。

おそらく大蓋城の者でさえ、屋人が城を出たのに気づいた者は少ない。さらに数刻で居所を移した素早さで、移動そのものも人目につくことがなかっただろう。

大蓋城には七千の軍士がおり、護り固めている。そこが国主の象徴であり、国主がいるべき場所だからだ。国主の軍は、国主を護る意気込みで戦に臨んでいる。

持節の軍を騙《かた》る賊軍は、大蓋城を陥落させねばならぬと躍起になっているだろう。さらに南郡と北郡に控える、各々三千の軍が背後から襲ってくる可能性も考えているはず。

だが有間は、屋人が御前衆《おんまえのしゅう》を捕らえたこと、御三家の将が動かないことは知っているはずだ。大軍の将たる能力があるのは、屋人のみと承知している。

南郡と北郡の軍団は、将を欠いている。動いたとしても動きは鈍い、あるいは戦い慣れていないと有間は予測したのだ。だからこそ今大蓋に注力し、鈍い援軍が来る前に片をつけようとしているのだ。是が非でも、屋人の首を獲《と》ろうと。

大蓋城の軍士たちでさえ、国主は大蓋城におり、自分たちは国主を御護りしていると信じているが——。

屋人はそこにいない。

有間は屋人のいない城を陥落させようと連日戦い、そして軍士たちはそこにいない国主を護っているつもりでいる。

風が強く、波が高いのは、遠い北の海上が荒れているのだろう。

強い潮風に吹かれて屋人が座っている場所は、北郡郡主の居所であるはずの、北門柵。外郭正殿《せいでん》の、郡主の座だった。

つい先頃まで、透谷が座っていた場所だ。

屋人は暫《しばら》く無言無表情で、枢戸の外に広がる海の景色に目を向けていた。それを見つめていた帯刀は、

「やはり、様々に思われてお辛《つら》いでしょう。わたしも長年、透谷様にお仕えした身です。少年の頃より御護りし、太刀をお教えしました。透谷様は努力を惜しまない方でした。

そのお方が座られていた場であれば」

と、しんみりと口にした。すると屋人はいぶかしげに振り返る。

「透谷？　透谷がなんと」

意味がわからぬと言いたげに問い返され、彼は戸惑ったように答えた。

「え、いえ。透谷様が任じられていた北郡郡主の座に、国主がおわすので」

黄色い歯を見せて、屋人はにやりと笑う。

「わたしはのぉ、そのような軟弱な者ではないのじゃ」

気圧《けお》され、びくりと身を引いた兵は頭《こうべ》を垂れる。

「失礼つかまつりました」

それに対して鷹揚《おうよう》に手を振って、屋人は済ませた。それで終わったのは、機嫌が良いからだろう。手にした文にまた視線を落とし、にやにやする。

「わたしのいない大蓋城を、白邪は今日も必死に攻めておるだろうのぉ。愉快じゃのぉ、久方ぶりに。笑いが止まらぬ」

口の中で嬉《うれ》しげに呟くと、ゆっくりと顔をあげた。その目には暗い光がある。

「して、軍団は整っておるか」

屋人の問いに、帯刀は「はっ」とかしこまって膝をつく。

「軍士三千。軍監《ぐんげん》一、軍曹二、録事《ろくじ》二、いつでも出発できます。副将軍は、正殿外で将軍のご下命を待っております」

屋人は衣の上に、銅の粒を縅《おど》した胸当のみをつけていた。それ以上の装具を身につけると、弱った体を起こしていられなくなるために、そのような拵《こしら》えだった。

帯刀の肩を借り、屋人は立ちあがった。よろめきながら正面の枢戸を出ると、階《きざはし》の下、砂利を敷いた庭に戦具の兵が一人、膝をついていた。

庭の隅には黒塗りの腰輿《ようよ》があり、それを担《かつ》ぐ軍士も控えている。

弱り切った体を支えられた屋人は、髑髏《どくろ》のように頬骨が飛び出し痩《や》せ衰えた顔貌《かおかたち》であった。しかしそこに、ぎらぎらとした妄念のようなものが貼《は》りつき、異様な迫力を帯びていた。

膝をつく副将軍に向かって、屋人が口を開く。

「奥三郡郡主伴有間は、国主に矢を放った」

そう告げた後、数瞬間が空く。何か思い出したのか、きりきりっと屋人の奥歯が悔しげに鳴り、すぐに言葉を続けた。

「あの者は己こそが次期国主と称し、国嗣《くにつぎ》の透谷とその弟敬谷を殺害した。さらには持節の軍を騙り、国主の座を明け渡せと要求しておる。許さざるべき反逆者ぞ。これから吾《わ》が軍団は、反逆者の討伐に向かう」

腕を上げ、ねじれた爪《つめ》のひと指し指で、中天を指さす。

「今、最も日が高い。騎馬二百は今より、軍監指揮のもとに駆けよ」

主力軍団七千を大蓋城に配置してはいたが、密《ひそ》かに騎馬の軍士のみをよりわけ、北門柵に移動させていた。籠城《ろうじょう》で騎馬は役に立たないので、出る幕がない。大蓋城の騎馬が極端に少なくても、敵方に露見しない目算があった。

次に指は、ゆっくりとおりて西を指す。

「さすれば日が沈み敵軍団が休もうとするそのときに、大蓋へ到着する。油断しているところを二百騎で急襲し、できる限り殺し、恐怖を植え付けよ。馬はつぶす覚悟で行け。馬が倒れるまで殺し続けよ」

二百の騎馬に奇襲されれば、最低でも千の軍士は屠れる。賊軍の戦力と気力を一気に削《そ》げるはずだ。

「そして」

と、膝をつく副将軍に目を向けた。

「そなたは軍士二千を率い、早駆けで大蓋へ行け。さすれば夜明けとともに、大蓋に着く。敵から見える位置に国旗を立て、太鼓を打ち鳴らし、鬨《とき》の声をあげて脅せ」

夜襲で混乱して怯《おび》えた軍団は、敵援軍のさらなる出現にその場にとどまるのを危険と判断して、急ぎ退却するはずだった。

「それと同時に大蓋城に知らせ、動けるだけの軍士を全《すべ》て吐き出させ、追撃させよ」

連戦連勝で、気力漲《みなぎ》る大蓋城の軍士たちは、恐怖で退却を開始する賊軍に食らいつく。おそらくかなりの打撃を、与えられる。

「わたしは残りの軍士を率いて、明日の昼には大蓋へ到着できるだろう。そこで賊軍の壊滅を聞こう」

はっと鋭く応じた兵は、立ちあがって礼をとり、出て行こうとした。

「そうじゃ、待て」

屋人が呼び止めた。

「わたしが南門から号令しよう」

「しかし」

傍らに控える帯刀が戸惑ったのは、屋人が、号令できるほどの声を出せないと危ぶんだからだろう。屋人はきっと振り返る。

「良いのじゃ。声は届かぬとも、将が姿を見せるのと、見せないのとでは、士気が変わる」

目配せされ、副将軍が階をあがって屋人に肩を貸すと、帯刀がもう片方の脇《わき》の下に肩を入れ、支えた。

おぼつかない足取りだったが、屋人は顔だけは正面に向けていた。荒い息を続けながら、口元には興奮しているような笑みが浮かんでいる。

正殿に背を向けて庭を進んで行く。砂利が敷かれた広い庭は、その先に二層の門があり高い築地塀が廻らされている。

北門柵の正門である南門だ。南門と称されるが真南に正対はしておらず、南南西に向かって開いている。それは地形のためだった。

北門柵は、突端が平たく削られた岬の上にある。北門津の港や町並とも、距離が置かれている。その場所に柵があるのは、堅固な護りを可能にする地形だからだ。

南西から北、東、南へと続く三方の築地塀は、景色を楽しめるように低い。崖《がけ》に面しているために、そこからの敵襲がないからだ。

南から南西側にのみ見あげるような築地塀が立ちあがり、檜皮《ひわだ》屋根の二層の門が造られ、櫓を備えてもいた。南門を出れば、緩やかにくだる幅広の道だが、左右は崖。

軍士たちは岬の麓《ふもと》にもうけられた、簡素な板塀を廻らした中に殿舎《でんしゃ》が並ぶ、出柵《でさく》と称される場所に控える。

南門からは、岬の麓に並ぶ軍団が見えるはずだった。

膝まである高い門の敷居を、屋人がやっとのことでまたぎ越すと、正面から強い風が吹く。

岬の下に、三千の軍士が整列しているのが見下ろせた。

壮観だった。薄青い空の下、朱色にそろえられた軍士の戦具は、不気味な迫力を帯びている。出柵の厩《うまや》からは馬の嘶《いなな》き。掲げる槍の穂先の鈍い輝き。軍士たちの周囲には多くの国旗が掲げられ、海からの風にはためいている。

しかし――。

屋人を支えた副将軍が、眉をひそめる。

「どこを見ておる、皆」

ぴゅるるっと、空の高いところで鳶《とんび》が鳴く。

軍士たちは命令を待って南門に正対して待っていなくてはならないはずだったが、ほとんどの者がこちらに背を向けているのだ。

軍士たちの視線を追い、南門の前に立った屋人たちの目は、岬の麓に広がる平地が奥に向かって傾斜しているのをたどり、さらに、なだらかな丘に向かう。

低い丘だった。低く緩い丘が、北西から南にかけてゆったりと横たわっている。

その丘の上に騎馬の姿があった。数は二百ばかり。

騎乗する者たちの拵《こしら》えは、まちまち。

北郡の軍団は岬の麓に集結している。軍士たちは、丘の上に現れた騎馬の正体がわからず戸惑っていた。しかし戸惑いながらも、多くの者は南郡の軍団からの援軍と思ったらしく、慌《あわ》てる様子はない。

屋人たちも、はてと首を傾《かし》げたのだ。

しかし、数拍の後――屋人の目が見開かれ、口を大きく開いたかと思ったら、その口から骨喰《ほねはみ》の断末魔に似た悲鳴がほとばしった。

それが届いたはずもないだろうが、丘の上に居並ぶ騎馬の両端に、旗竿《はたざお》が立てられる。

「あれは！」

「なぜここに⁉」

軍士たちが動揺し、騒ぎ、隊列が乱れた。

遠くはためくのは、奥三郡《おくさんぐん》の白い旗。

「馬を出せ！」

「備えろ、備えろ！」

怒号が飛ぶが、軍士たちの動きは支離滅裂で統制がとれていなかった。

丘の中央にいた騎馬の兵が、頭を覆っていた布を取り払い、投げ捨てる。

現れたのは遠目でもわかる、白い髪――伴有間。

有間率いる騎馬二百が、一斉に走り出す。

# 四章　汚《けが》れてある光

## 一

敵軍団は、のんきに整列して突っ立っていた。

その油断ぶりは、丘の上から眺めていても明白だった。有間《ありま》が率いる二百の騎馬の姿を認めても、軍士たちはぽかんと見つめているばかりだったのだ。

敵のいる戦場は遠く離れた大蓋《おおがい》にある。そう思っているために、まさかそこに現れた者を、咄嗟《とっさ》に敵だとすら判断できなかったのだろう。

強い風が海から吹きつける。

馬を並べた壱岐《いき》が小さく笑った。

「これは、いいなぁ。やり放題ですよ、きっと」

北門柵《ほくもんさく》の南門に人影があった。軍団を見下ろすその位置にいるのはおそらく、国主《こくしゅ》伴屋人《とものやひと》。

（追い詰めたぞ）

恐れろと、呪《のろ》うように内心で言う。恐れ、怯《おび》え、震えろと。

（気づかれていないと思ったか、父国主よ）

中郡《なかのぐん》と南奥郡《みなみおくぐん》の郡境で奇襲を仕掛けた後、屋人が大蓋で籠城《ろうじょう》の構えをとったのを、有間は妙だと思ったのだ。

籠城は援軍があってこその戦法。

南郡《なんぐん》と北郡《ほくぐん》に三千ずつの軍団があるので、それを当てにしての籠城かと思えたが――軍はあっても将がいない。信頼できる将がいない軍団をあてにして籠城をするのは、臆《おく》病《びょう》で慎重な屋人らしくない。屋人は、人を信じて、人に自分の命運を預けるような真似《まね》はしない。

屋人は大蓋にいないに違いない。おそらく秘密裏に、最も素早く目立たない方法で、護《まも》りの堅い北門柵に移動している。

そしてそこに身を潜め、有間が大蓋を攻めはじめるのを見計らい軍を進め、自ら指揮をとり背後を襲うつもりだ。

そう推測して、東二《とうに》に川船を当たらせた。

大蓋から北門津《ほくもんつ》へ、最も素早く移動できるのは川船だ。結果、東二が探り当てたのだ。

数十人の兵に護られた腰輿《ようよ》が川船に乗せられ、北門津までくだったことを。

皮肉なことに、有間は四人の兄弟の中で最も屋人の考えが理解できる者なのかも知れない。仮に血などというものが人に作用するならば、ぞっとすることに、己の中にある屋人の血は濃いのかも知れない。

「一気に片をつける。行くぞ」

大蓋から北門津まで移動する間、目立つのを嫌って頭と顔を覆《おお》っていた布をはぎ取り、横から吹いた強い潮風にそれを放って有間は号令した。

「かかれ！」

応じた二百の声に突きあげられるように、放った布が風に乗って高く舞った。

馬の腹を蹴《け》り、駆け出す。

好都合なことに、敵は陣形をとる暇《いとま》もない。

指揮をとる者の声も届かない。

集合していた軍団の数は、多い。しかしそれが仇《あだ》となっている。

油断して密集していたのだから、数が多いことが混乱に拍車をかけ、さらに指示命令が行き届かなくなっていた。てんでがばらばらに有間たちを迎え撃とうとし、騎馬の兵《つわもの》に有利な隙間《すきま》ができる。

馬上で太刀を抜き、あるいは槍《やり》を構えた有間の配下が、それら敵軍の隙間に突っ込む。

多数が馬の蹄《ひづめ》にかかって倒れた。果敢にも槍を繰り出す軍士もいたが、その穂先を太刀で跳ね返し、がら空きになった胸を斬《き》る。

一方で、壱岐の指揮している一隊は、出柵《でさく》に火をかけてまわった。

準備していた火縄に、これも持参していた双夏《そうか》麦《むぎ》の麦わらの玉を押しつけ、火がついたら出柵に投げ込む。麦わらは板塀の傍らや殿舎《でんしゃ》の床、あるいは板葺《いたぶき》屋根の上で燃え上がり、燃え移る。火のついた厩《うまや》から馬の嘶《いなな》きが聞こえ、それを救おうとする軍士たちが火に巻かれて叫ぶ声がする。

有間が連れてきた二百の騎兵は精鋭だ。

しかも――さらに丘の上から鬨《とき》の声があがった。

そちらをふり向く余裕は、なかった。しかし声を聞くだけでも頼もしさを覚える。

軍監か録事《ろくじ》を仰《おお》せつかっているだろう派手な戦具の兵が逃げようとする背中を、馬上から斬りつけ倒してから、有間は笑った。

(来たか)

ようやく丘をふり返ると、千の軍士がこちらに向かって駆けおりてくるところだった。

これも有間が引き連れてきた軍団だ。

さらなる敵の出現に、朱の布をつけた軍士たちが恐慌《きょうこう》をきたし、逃げ出しはじめた。

騎馬はそれを追って斬る。突き倒す。

大蓋で戦っている軍士はその数、実は四千だった。

指揮をとっているのも有間ではなく、配下の一人。

攻城戦で二手に分かれて攻めてくる軍団の数を、大蓋城の敵は正確に把握できない。しかも攻城戦に騎馬は不要。二百の騎馬をそろえて、さらに千の軍士をより分け、有間はそれを率いて、密《ひそ》かに北門津へ向かったのだ。

それが、大蓋城を攻める前夜。

大蓋城を攻めはじめた時には、有間は既にそこにいなかった。目立つ彼がいなければ、動きに気づかれる恐れがあった。そこで配下の一人に鬘《かずら》をつけさせた。白い鬘は、透谷と敬谷の毛皮飾りの毛皮を使った。遠目であれば白い髪に見えただろう。

千の軍士と二百の騎馬も、散り散りに北門津まで移動させた。そうすれば有間の軍が一部分かれたことを知られずにすむ。

その途上、有間は科人《とがにん》として護送されている御前衆《おんまえのしゅう》を救い出し、配下に預け、大蓋へ向かわせた。老いたりといえど、蘇門真壁《そもんのまかべ》と佐々九野《ささのくの》は戦い慣れた将だ。大蓋を攻める軍に危険がおよべば、察して対処してくれるはずだった。

伴安人《やすひと》は閑戸《かんど》郡郡主《ぐんこおしゅ》だ。その権限で有間のために、郡にある軍団を大蓋へ差し向けてくれるだろう。

御前衆は国主の相談役であり、国を支える者である。本来であればその意識から、国主に反旗を翻《ひるがえ》す有間に協力するのは躊躇《ためら》ったはずだった。しかし国主による御前衆捕縛という前例のない事件が、御前衆に国主を見限る決断をさせた。

散り散りに進軍した有間の軍は、北門津で落ち合った。

軍士一人も欠けていなかった。

潮風にあおられ、出柵の殿舎が燃えあがった。

炎の熱と、人を蹴りなぎ払っていく騎馬に恐れをなし戦意をくじかれ、てんでんに逃げ出した者たちは、新たに出現した千の軍団に次々斬られて地に伏していく。

有間は北門柵の南門へ目を向けた。門前で軍士たちが右往左往し、扉を閉める準備を始めている。

（閉じられれば、厄介だ）

片方の扉を閉めるだけで、男十人がかりで押さねばならない。簡単に閉じられるものではないが、急がねば門が閉じて籠城される。相手に勝ち目はないが、いたずらに戦が長引く。

瞬《またた》く間に、屍《しかばね》が累々《るいるい》と地面に横たわる。立っている敵の軍士は、二千に満たない。そしてその半数が逃げ出している。

指揮する者は見当たらない。敵の大多数の軍士は自分たちの身を護るだけで必死だ。

「壱岐、来い！」

声をかけると、有間は馬首を北門柵へと向けた。

南門へと続く坂を駆けあがる。それに壱岐も追従する。さらに二十あまりの騎馬もついてきた。

有間の動きを察して阻止しようと、敵の兵が数十の軍士を率いて追ってくるが、馬の足に追いつけない。南門が間近に迫る。

巨大な門扉《もんぴ》は軋《きし》みをあげながら、閉ざされようとしていた。

壱岐が突然に馬に鞭《むち》をくれ、有間の馬を追い越した。ぐんと有間の馬を引き離し、扉の隙間に向こう見ずにも突っ込んだ。

「壱岐！」

駆け込んだ壱岐が内側で馬首を反転させたのが、隙間から見えた。そこに敵が殺到するが、そのおかげで扉の動きが止まる。

有間と後続の配下も門の中へ駆け込む。

壱岐に向かって、矢を放とうとする軍士たちの背後を、馬上から有間が太刀で薙《な》ぐ。

声をあげて倒れる軍士たちの一人だけ、かろうじて矢を放った者がいた。

放たれた矢が壱岐の肩にあたった。不意を食らって体の均衡を崩し、壱岐は馬から滑り落ちた。

丁度そのとき、有間たちを追って来た敵の軍士三十人ばかり、南門から中へなだれ込む。乱戦となった。

馬上から太刀を振るいながら、有間は壱岐の姿を探す。

（壱岐。どこだ）

姿が見えないことに、不安を覚えた。ここ数日、壱岐の様子がすこしおかしいとは思っていた。有間の前ではいつものようにふるまっていたが、一人になった後ろ姿を見る時、ふさぎ込んだようにうなだれていることが多かった。

単騎、門に飛び込んだような無茶をしたのも、捨て鉢な行動に思えた。何があったのかわからないが、心を乱して乱戦の中にあれば、判断を誤って命にかかわる。

しかし、壱岐にばかりかまけてもいられない。

「若！」

有間の近くで器用に馬を操り、敵軍士を斬り伏せている配下が叫ぶ。

「ここは吾《われ》らが。内郭へ、お早く。国主の首を」

「任せた」

壱岐のことも心配だったが、ゆったりと探している暇はない。屋人を追い詰め捕らえなければ戦は終わらない。馬首を北北東へ向け、正殿《せいでん》正面の庭を駆け抜け、東脇殿《ひがしわきどの》、さらに東楼の横を過ぎる。

建物の陰から兵が幾人も飛び出してきたが、それらをことごとく斬り伏せた。

（国主の首）

配下の者たちは屋人の死を望んでいる。有間がその手で国主を倒し、新たな国主の名乗りをあげるだろうと考えているのだ。

しかし有間の中にある暗い憎悪《ぞうお》は、簡単に屋人を殺すなと今も囁《ささや》き続けていた。なにがなんでも生け捕りにしろ、と。そして考え得る限りの苦痛を与えろと。残虐《ざんぎゃく》な有間の報復を目にすれば、たとえ相手が倒すべき敵だとしても、人々は彼を恐れ嫌悪するだろう。

そうだとしても、穴から出された時に燃えあがった怒りはいまだ強く、止められない。

（生け捕りにする、必ず）

北門柵は、政《まつりごと》の場である外郭と郡主の居所である内郭が、板塀で区切られていた。

内郭へ続く門は、板塀の左右に一つずつ。

門に屋根はなく、二本の柱の間に両開きの門扉のみがある。敵の侵入が想定されていないために、門扉には閂《かんぬき》がない。人の出入りのみに使われるため、間口が狭く、馬で突っ切れるものではない。

有間が向かったのは、内郭の左門だった。

扉は閉じられていたが、脆弱《ぜいじゃく》な板作りだ。簡単に突破されるのを予測して、左門の前には兵が五人ほど立ちふさがっている。

馬を御し足を止めさせ、背に負う弓を手にとって矢をつがえた。

三人の兵が飛び出してきた。向かってくる兵に矢を放ち一人を倒したが、二人は構わず向かってくる。矢をつがえ、二射目を放ち一人を倒すが、残り一人は間近に迫っていた。太刀の柄《つか》に手をかけたとき、背後から、有間の馬の横を駆け抜けた者がいた。

その者は太刀を抜きながら有間の馬の前に立ちはだかると、向かってきた一人を斬る。

「少し、遅れましたね」

前のめりに倒れる兵を蹴り倒し、肩で息をしながら笑顔でふり返ったのは壱岐だった。右肩には、三分の一ほどに折られた矢を突き立てたままだ。

「馬に蹴られたかと思ったぞ」

門前に残った二人の兵は、不利と見てか、慌《あわ》てて門扉を開いて内側へ逃げ込もうとしていた。

軽口を返しながら有間は、逃げ出そうとする兵たちに立て続けに二射を放った。どちらも兵の首に命中し、門に縋《すが》った姿勢のまま彼らはずるずると倒れていく。

背後から「若」と呼ぶ声がした。ふり向くと配下数十人がこちらに馳《は》せ寄ってくる。

「内郭へ入る！　背後を頼むぞ」

命じると馬を飛び降り、有間は太刀を抜きながら、壱岐とともに門の内側へ駆け込む。

配下がそれに続く。

内郭正殿の脇から、兵たちが二十人ほど飛び出してくる。突っ込んできた先頭の者を斬り伏せて、有間は正殿階《きざはし》を駆けあがり、正面枢戸《くるるど》を蹴り開けた。

しんと、ひとけがない。

（後殿《こうでん》か）

簀子《すのこ》縁《えん》を駆けて背後に回り、そこから殿舎裏に飛び降りる。壱岐がついてきたが、他の者は前庭で敵の兵と太刀を交えているらしく、鋼《はがね》が打ち合う音と怒声と悲鳴が入り混じって響く。それを背後に聞きながら、後殿の階を目指した。

目前に階がせまったそのとき、正面の枢戸が細く開き、そこからすっと一人の兵が滑り出てきて枢戸を閉じる。

静けさと目つきの油断ならなさに、有間は足を止めた。

壱岐がはやって一歩踏み出しかけるが、「待て」と腕をあげて制した。不用意に立ち向かえば、簡単に斬り捨てられるに違いない。

（あの者は、手練《てだ》れだ）

見覚えのある顔だ。

兵は後殿の正面枢戸を背にして、こちらを睨《ね》めつけている。ここから先は通さぬという気迫が伝わってくる。ということは――。

（あの中に、父国主がいる）

気配だけでそれと知れる手練れが護っているのは、国主の他にないだろう。

興奮がわきあがってきた。

（追い詰めたぞ。そこにいるのだな。待っていろ）

柄を握る手に力を込める。暗い喜びがじわじわと腹の底を熱くする。

「有間」

と、その兵は有間を呼び捨てた。

有間の記憶よりは多少老《ふ》けた感はあったが、その男は透谷《とうこく》が少年の頃から護り役として傍らに侍《はべ》っていた者で、透谷に太刀の扱いを教えていたのも彼だったはずだ。師に倣《なら》って、透谷は幅広の太刀を好んでいた。

透谷に仕えていたとは言え、兵は伴氏の家人《けにん》。国主の一族に対して、通常であれば家人はぞんざいな口はきかないものだ。たとえ牢《ろう》に繋《つな》がれていたとしても、それが国主一族であれば家人は通常敬意を払う。

しかし目の前の男が、それをしないのは——強い怒りがあるからだ。そもそも有間を国主一族と認めてすらいないのかもしれない。

「中に父国主がいるな」

それには答えず、兵は太刀を抜く。そして短く一言、

「誅殺《ちゅうさつ》する」

とだけ口にして、太刀を正面に構えた。ぶれなく強い、堂々とした構えが透谷と似ている気がした。

（いや、違う。透谷に似ているのではない。透谷が似ているのだ、この男に）

少年の頃から細身だった透谷が、兵らしく頑強になりたいと鍛錬に励んでいる様子はよく目にしていた。その彼に寄り添って、常に太刀さばきを教えていたのが、この男なのだ。

（わたしが憎いか）

男の目にある怒りを、有間は見つめた。

だっと、突然、男が階の踏み板を蹴って飛んだ。

咄嗟に有間は壱岐を突き飛ばし、正面頭上から落ちてきた太刀の刃を、両手で支えた太刀で受け止める。重い衝撃に腕が痺《しび》れ、膝《ひざ》がわずかに折れた。力業でそのまま有間の額を割ろうと押してくるのを渾身《こんしん》の力で押し返す。

鋼がこすれ、ぎんと嫌な音が響く。

間をあけず、相手は押し返された刃を斜め上から叩《たた》き降ろしてきた。それを刀身で受け、下から擦《こす》りあげていなして、飛び退《の》く。

二太刀を交えただけで息があがっていた。

男は腕力が並外れている上に、動きに無駄がなく速い。こちらも、それに応じる力と俊敏さが要求され、さらに緊張感が鼓動を速くする。

突き飛ばされた壱岐は起き上がって、少し離れたところから太刀を構えて男の隙を狙《ねら》っていた。じりじりと位置を変えながら男を睨めつけてはいたが、機が見つけられないらしい。相手には隙がない。

正面に太刀を構え、有間はすっと一呼吸して飛び出した。

相手も踏み込み上段から打ちおろしてくるが、その太刀が届く間際《まぎわ》に身を低めて横っ飛びし、太刀の向きを変えて男の右手首を叩いた。ぐうっと呻《うめ》き声があがり、血飛沫《ちしぶき》が飛んだ。地面を蹴り、跳ねて、男の脇に向かって太刀を突き出すが、その前に男がこちらの太刀を跳ねあげた。

有間は距離をとり、構えなおす。

男もこちらを向いて構えたが、その右手首が真っ赤に染まり、地面にばたばたと血が勢いよく滴《したた》り落ちていた。

「力で敵《かな》わぬからと、小手先を……卑怯《ひきょう》な」

呻く相手に、有間は平坦《へいたん》な声で答えた。

「正々堂々と戦って、それで褒められるならば幸せだ。透谷は幸せ者だったのだろう」

「貴様に透谷様の何がわかる！」

感情をあらわに男が吠《ほ》えた。

「わからんな。汚かろうが、おぞましかろうが、勝って生き残ることしか考えてこなかったわたしに、わかるわけがない」

言うやいなや、身を低め、太刀を横に構えて飛び出す。

それを受けようと男が太刀を低い位置に構えなおしたとみるや、男の太刀先と逆へ跳び、がら空きになった肩口にむけて、上段から太刀を叩きおろした。さらに続けて太刀を振りあげ、よろめくその首を薙ぐ。

首は落ちなかったが、激しい血飛沫とともに男が地面に倒れた。

有間の白い髪に、さらに頬に、太刀に手に。鮮やかな赤が散る。

息を整えながら足もとに倒れた男を見下ろす。

不意に、己への嫌悪感がふくれあがる。

（わたしは、幾人殺す）

この男とは関わりもなく、憎悪もない。それはここまで来るのに斬り伏せてきた兵や軍士たちも同じこと。出会う時と場所が違っていれば、好ましく思えた者たちだったかもしれないにもかかわらず。

幾人殺した？
幾人殺した？
幾人見殺しにした？
幾人？
幾人助けられなかった？
幾人？
幾人？
胸の中で、そう問う声が響く。有間に取り憑《つ》く鬼どもの声だろう。
「兄君」
壱岐が駆け寄ってきた。
血脂《ちあぶら》で汚れた太刀をひっさげたまま、壱岐をふり返る。
「行くぞ、壱岐。父国主と対面だ」
壱岐が硬い顔で頷《うなず》く。
太刀の先から血の滴《しずく》をしたたらせながら、階をのぼりはじめた。
気持ちは恐ろしいほどに凪《な》いでいた。怯える老人を目の前にしたら、有間は静かに脅しつけ、まず何をするだろうかと考える。

足腰もろくに立たなくなった老人に、縄をかける必要はない。その代わりに指を二本ほどもらおうかと、ふと思う。有間と穴の底で一緒にいた老人は、指が二本なかった。これは国主が気に入らないことを書いた罰だったと、老人は話してくれたことがあった。

しかし――そんなふうに残虐な思考に至る自分が、おぞましい。

枢戸の前に立ち、開く。

後殿は閉めきられており、有間たちが開いた正面枢戸からの光だけが、さっと真っ暗な中に光の帯になって床に落ちた。

熱のこもる母屋《もや》の中には、汗が饐《す》えたような嫌な臭《にお》いが充満している。

母屋の最奥《さいおう》に、几帳《きちょう》で隔てられた場所がある。その向こうに、垂れた絹を通してうっすら、挟軾《きょうしょく》にすがる人影があった。

「父上。有間が参りましたぞ」

言いながら、ゆっくりと大股《おおまた》に近づき、几帳を押しのける。

「あっ……」

壱岐が小さな声を出した。

有間は数拍、動けなくなった。

## 二

伴屋人は挟軾にすがって——息絶えていた。

黄色く変色して湾曲した爪《つめ》を、苦しげに挟軾に食い込ませ、口を開け、目を見開いている。口の端《は》から黄みを帯びた泡が、いまだに、そこだけは生き物のようにだらだらと大量に流れ出ていた。挟軾に縋った手の上にのせた頭は、天井を仰ごうとして叶《かな》わなかったかのような位置で止まっている。痩《や》せた体は、宿り木の蔓《つる》のように、苦しげによじれていた。

「……これは」

壱岐が一歩近寄ると、その足先がこつんと小さな陶器の瓶を転がした。それを拾いあげた壱岐は、鼻先に瓶の口を持っていき眉《まゆ》をひそめる。

「歯《し》尾《び》毒《どく》です」

鼠《ねずみ》駆除に使用される毒の名だった。

（死んだのか？）

呆然《ぼうぜん》と有間は、屋人の骸《むくろ》を見下ろす。

伴屋人は、死んでいる。

どれほど怯えさせてやろうか、どれほど苦しませようかと考え続けてきた父国主だ。もしそれが叶わなければ、せめて自分の手で屠《ほふ》り、恐怖に歪《ゆが》んだその顔をとっくりと見てやろうと思っていた者が——死んでいる。

「……この臆病者は」

自分の声が、遠く誰かが喋《しゃべ》っているように聞こえた。

「わたしから逃げおおせたのか！　伴屋人!!」

唐突に燃えあがった怒りに任せ、有間は屋人の骸を力の限り蹴り倒した。床に転がった骸の惨《みじ》めさに、次には腹の底からおかしくなってきた。

なぜかわからないが、笑いがこみあげ、有間は声を出して笑っていた。

「こんなものか！　わたしの戦は！」

笑えてくるのは、情けないのか哀《かな》しいのか、憤《いきどお》りなのか、嬉《うれ》しいのか。よくわからなかった。腹の底から次々に笑いがこみあげてくるが、まったく面白い感はなかった。ただ発作のように笑いが出るのだ。

「そうか、そうか！　逃げられて、こうして終わって。これがわたしの決着なのか」

笑い続けた。

壱岐がこちらを、心配そうに見ている。それでもなかなか笑いが止《や》まなかった。

笑いがようやくおさまると、虚脱感に襲われる。屋人の骸を見下ろしたまま、有間は暫《しばら》く佇《たたず》んでいた。

光の帯の届かない薄暗い場所に転がる、しなびた骸。濁った目と、飛び出た頬骨。捻《ねじ》れ変色した分厚い爪。申し訳程度の戦具を着けているのが、一層貧相で惨めたらしい。

自分はこんなものを追っていたのかと思い、そしてそれすらも追い詰めきれずに逃げられたのかと、ぼんやり考えていた。

（これで終わりなのか。わたしの怒りも、憎悪も、父国主が逃れ死んだことで、宙ぶらりんで終わる）

胸に空洞が開いたようだった。

呆然としていた、そのとき。

不意に――背中に硬い何かが押し当てられた。

びくりと、神経が反応した。

（太刀先！）

背後にいるのはただ一人、壱岐。

有間の背に刃を突きつけているのは、兄弟で唯一《ゆいいつ》信頼した弟だ。

「壱岐。なんのつもりだ」

有間の背に突きつけられた太刀先はそのまま、感情のない声が返ってくる。

「父国主は死にました。そして透谷兄君、敬谷《けいこく》兄君も死んだ。ここで有間兄君が死んでくれれば——国主はわたしです」

（……壱岐……？）

驚きは一瞬で、その後に、深いため息のような後悔がゆっくり押し寄せる。自分は何か判断を間違っていた、あるいは見落としていたことがあるのだ、と。

（何を気づけずにいたのだ、わたしは）

その疑問が大きかった。

「幸い今、人目はない。父国主を護り戦った者の亡骸《なきがら》もある。ここで有間兄君が死んでも、あの兵に殺されたのだと言えます。その仇《かたき》はわたしがとったと、そういう筋書きにできるでしょう」

「そうか」

淡々と応じる。

「国主になりたかったのか、壱岐」

問うと、わずかに戸惑うような間があって答えが返った。

「わたしはずっと、ものの数ではない俘虜《ふりょ》の子でした。誰もが透谷兄君、敬谷兄君、有間兄君のことは気にして、見つめて、すり寄って、あるいは慕っていた。けれどわたしのことなど、顧みる者はなかった」

「わたしはおまえを、唯一の弟と思っていた」

「有間兄君だけは、そうだった。それは嬉しかった。本当です。ずっと嬉しかった。でも他の者たちは……美矢比《みやび》も」

小さく壱岐は笑う。

「わたしは美矢比を殺しました。大蓋城へ進軍する途中で、呼び出されたことがあったでしょう。あれは美矢比でした」

思わず、肩越しに見返していた。

「殺した？」

「殺しました。わたしに助けてくれと言ってきました。透谷兄君が死んだ後、父国主のもとに逃げていたらしいですが。吾らが持節《じせつ》の軍として立ったのを聞き、父国主を見限ったのでしょう。助けてくれと、わたしにすり寄ってきたので」

告げた壱岐の声が震える。

あのとき何かがあったのだろうとは察したが、まさか美矢比と壱岐にそんなことがあったとは想像だにしていなかった。

（長年、あれほど侮《あなど》った態度をとっておきながら、壱岐に助けを求めるとは）

恥を知れとは思う。かといって、殺されるほどの罪ではないのも確かだ。

他人を顧みず己の利益のために変節するのは、彼女の生き方だった。それによって人がどんなに傷つこうが窮地に立とうが知ったことではないと、そんなふうにふるまえば、いずれ自分に跳ね返ってくる。それで命を落としたのだから同情はできない。死に値するほど罪深くはないとしても、だ。

「腹が立ったか」

「いいえ。惨めでした」

胸をつかれた。惨めという言葉に絶望を感じたのだ。壱岐は侮りや侮蔑《ぶべつ》に、怒ることもできないほどだったのか、と。

「惨めで、どうしようもなかった。わたしはいつも最後だ。最後の最後の、ものの数ではない者なんだ。けれどわたしは、人から数ある者として受け入れられたい。なんでもいいから一番になってみたい。有間兄君が憎いわけでも嫌いなわけでもありません。ですが……」

低く壱岐の声が掠《かす》れる。

「ですが、これは、わたしが最も高い場所に立てる初めての、そして唯一の機会です。それに気づいてしまいました」

有間は目を伏せた。

「信頼していたが……わたしはある部分を見誤ったのだな。幼い頃から降り積もっていた屈辱が、それほどの哀しみになっていたのは気づかなかった」

壱岐に与えられ続けた屈辱というものが、どれほど彼の心を傷つけ蝕《むしば》んでいたのだろうか。

思い出すのは、少年の頃の一場面。

美矢比の気を引きたくて、壱岐は彼女の好きな木槿《むくげ》を手にして必死だった。しかし美矢比は、不機嫌そうでも、透谷と敬谷には顔を向けていた。有間の方にも寄ってきた。けれど壱岐の方には視線一つもくれず、また彼の問いに答えることもなかった。

あんなことが、壱岐の周囲では日常だったのだろう。

だから有間を慕った。

だから奥三郡《おくさんぐん》の郡介《こおのすけ》の勤めを望んだ。

有間のそばにいれば、屈辱を感じずにすむと考えたのだろう。しかし美矢比が奥瀬《おくせ》柵《さく》にやってきた。壱岐は嬉しかっただろうが、同時にまた屈辱感がぶり返し、六年も――。

その六年で壱岐の思いは、屈辱を感じずに側《そば》にいられる有間さえ殺してもいいと考えるまでに、捻れていったのか。

いや、ことによると――いつしか有間の存在そのものが、壱岐に屈辱を感じさせたかもしれない。美矢比が公然と有間を慕っていると口にし、配下は有間を慕い、民も有間を慕う、そのために。

可哀相《かわいそう》なことをした。

(気づいてやれなかった)

奇妙に穏やかな気持ちになっていた。

憎悪と、報復の執念を燃やし続けた屋人が死に、力が抜けているのか。自分の人生の目的が、目の前で途切れたような気がしているのだろうか。

燃やしたものが大きかったために、それが消えた焦土には、白々とした感情ばかりが広がっているのかもしれない。

内郭前庭からはまだ、鋼を打ち合う音と気合いの声、悲鳴が続く。数が多くなっている気がするのは、外郭の戦いが、内郭の方へと広がっているのだろう。

「早くやった方が良いぞ」

有間は静かに言った。

「配下たちがそろそろ、こちらにも雪崩《なだ》れ込んでくる。そうすると、わたしを殺す機会を逸する」

「……覚悟ができておられるのですか」

思わず笑ってしまう。この期《ご》におよんで壱岐は、なんと心配そうな声を出すのだろうかと。

「そこそこ、と言っておく。心残りがある。護ると約束して預かった与理売《よりめ》。あの子のことは頼む」

「それは承知しました」

「あとは――龍《たつ》ノ原《はら》に再び行けないのが少し残念だ。凍酒《いてざけ》をもって行こうと思っていた。気が向けばわたしの代わりに、おまえが行けばいい」

皇尊《すめらみこと》に文の返事を書いておくのだったと、後悔した。信頼できる者を得たことを言祝《ことほ》ぎ、励ませばよかった。

有間は信頼した者に、こうして刃を向けられているが――。

「わたしを裏切り者と言わないのですか」

壱岐が問う。

「おまえは裏切ったわけではない」

「どうして？　わたしは裏切っています。有間兄君の信頼を」

多くの者は、何を勘違いしているのだろうか。自分は裏切ったと口にする。壱岐もそうだ。裏切った、裏切られたというが、それは相手を信じたからだ。信じたのは信じた方の勝手な判断なのだと、なぜ忘れるのだろうか。

「信頼したのは、わたしだ。わたしがわたしの責任で、おまえを信頼したのだから、おまえが裏切ったのではなく——わたしが、見誤ったのだ」

ただ、それだけのことだ。

それでも信じなければ、何事もなしえない。だから有間は恐ろしいながらも信じるし、信じた責任は自分が負う。

有間は、壱岐の作るだろう国を想像した。

想像を巡らせ、確信した。

「おまえは悪い国主にはなるまい」

壱岐は元来優しい男だ。辛《つら》いことも多かったので、人の痛みも理解している。偉ぶらず朗らかなので、配下たちもついてくるだろう。ただ彼の中にある屈辱と哀しみが癒《い》えなければ、それが発露したときに、美矢比を手にかけてしまったような過《あやま》ちを犯すかも知れない。危ういが、国主になることで、彼の中にある屈折が消えてくれるのを期待するしかないだろう。

それでも屋人よりは、よほど良い国主になるはず。

有間は屋人にできなかった国を作り、見せつけてやりたかった。屋人が死んだ今はそれは叶わない。だとしたら、より良い国を作るのが自分でなくてはならないと、こだわる必要はない。他の誰かが実現しても良い。

「斬れ」

押し当てられた太刀の先が震えている。動く気配がないので、さらに促す。

「早く斬れ」

出柵が燃える焼け焦《こ》げた匂《にお》いが、ここまで漂ってきていた。強く吹き乱れる風が運ぶのだろう。

「わたしは、いつも、自分の都合の良いように信じようとしてしまうんです。美矢比はわたしの気持ちに気づいていないからあんな態度なのだと、信じようとした。そして真相がわかって傷つくんです。だからもう、傷つきたくなかった。もし……もし……」

声の震えも強くなっていた。呼吸も速く、荒いのが伝わってくる。

「有間兄君がわたしに示してくれる全《すべ》てが、わたしがただ信じたいものにすぎず、事実は違っていたら。そしたら、もう立ち直れない。その前に自分が信じたものが真実か、確かめたかった。わたしが信じたものが嘘《うそ》であれば、それを壊して、わたしは、わたしが一番になれる場所に立ちたかった」

有間が壱岐に示したものがなんなのか、わからない。

壱岐が信じたいものがなんなのか、わからない。

そんなものはどうでも良いと思った。壱岐が何を確かめようとしているにしろ、彼の哀しみを見誤った有間は、殺されてやるしかない。

「斬れ！　壱岐！」

鋭く命じると、反発するように壱岐が涙声で吐き出した。

「わたしを裏切り者と罵《ののし》ってくれれば、有間兄君がそんな人だったら、今ここであなたを殺して国主になれたのに……っ！」

背中に押し当てられていた太刀先の感触が、不意に消えた。

太刀が床に落ちて大きな音を立てる。

ふり返ると、壱岐は片手で顔を覆って肩を震わせていた。

足もとに転がる太刀。

壱岐は、おそらく本気で有間を殺そうとしていた。

だが——できなかったのだ。

有間が壱岐を責めず、すべてを自らの責任と断言したからだろう。しかしそれは有間にとっては当然のことだった。信じたのは自分なのだから、と。

（そんなことを確かめたかったのか）

有間の言葉や、考えや、態度、全部を壱岐は確かめたかったのだ。有間が真実、自分の目に映る有間かどうか。

有間を試したわけではないはずだった。それは壱岐の気迫でわかっていた。

壱岐は国主《こくしゅ》になれる可能性に気づき、自分の惨めさを消し去りたいと、生傷を塞《ふさ》ごうとするように国主の座を真実望んだのだ。

（蔑《さげす》まれるかもしれない、哀しい思いをするかもしれないと。壱岐はずっと怖かったのだな、なにもかもが）

壱岐は肩を震わせ続けている。

有間を殺せなかった自分を悔しがり、恥じ、同時に安堵《あんど》もしているようだった。様々な思いが彼の中を巡っているのだろう。蔑まれ、耐え、屈折し、それでも笑っていた彼の心は単純でない。綺麗《きれい》でもない。輝いてもいない。

しかし。

（この弟を信じたのは、正しかった）

信頼すべき、そして慈《いつく》しむべき者だ。

「壱岐よ」

有間は壱岐の頭に手を置くと、軽く叩く。いずれ美矢比のことを償うべきだろうが、今は口にしたくなかった。それよりも壱岐を慰めてやりたかった。

「壱岐」

「有間兄君。……わたしを罰してください。お願いします」

「いずれな」

答えて、頭を引き寄せて抱いてやった。

弟とこんなふうに触れあい、慰めるのは初めてだった。

穴の底で、有間はこうして老人から慰められた。だが自分からこうして、誰かを慰めたことがなかった。そのときの老人の気持ちを想像したこともなかったが、こうして慰めながらも同時に自分も慰められているような、不思議な湿り気のある暖かさを覚える。

父国主の骸が横たわる側で、怒号と悲鳴と、鋼の音が響く戦の音を聞きながら、有間は己に取り憑く、鬼たちの声に耳を傾ける。

これがおまえの生きる場所だ。死の臭いがあり、薄暗く、恐ろしい場所だぞと鬼たちは言っている。

だが有間の目の前には泣き続ける壱岐がいた。

こんな場所で生きる有間にも、信じられる者がいる。

その者は屈折し、怒り、罪を犯して泣いている。汚《けが》れなく、全てが真っ当で強さにあふれる者ではないが、信じられる者なのだ。

これが有間の光明。

(汚れている方が、わたしに似つかわしい)

鬼の号令で戦い続ける彼の、汚れているのかもしれないが、それは確かな光。

「若！」

と呼ぶ配下の声が聞こえ、さらに後殿の前庭に幾人もが雪崩れ込む気配が続く。

壱岐の背を強く叩くと、有間は壱岐をその場に残して、大股に、開いた枢戸の方へ歩き出す。

薄暗い母屋に光の帯を落とす枢戸の向こうには、夏の空が見える。

薄い色の空は、最も重い罪を背負う国の者どもにふさわしい。抜けるような青ではなく、どこか愁《うれ》いを含む薄い青。

これが有間の生まれた国なのだ。

龍《りゅう》の棲《す》む神国が羨《うらや》ましくはあるが、だからといってここを離れようとは思わない。夏でも溶けきらない凍った大地があるこの国に、しがみつき、変えていく。宙ぶらりんになった怒りや憎悪を抱えて、それを何かに変質させて再び燃やし、有間はこの国で生きていくのだ。

ただもう一度だけ、龍ノ原には出向くだろう。書札《しょさつ》が役に立ったと、改めて皇尊に礼を言わねばなるまいし、反封洲《たんのほうしゅう》の凍酒を彼女に飲ませたい。おそらく酒精のきつさに咳《せ》き込み、文句を垂れるだろう。

壱岐も連れて行くつもりだった。あの美しい生き物、龍を見せたかった。壱岐は彼らしい素直さで感動し、喜ぶはず。

枢戸の外へ出《い》で簀子縁に立つと、熱い日射《ひざ》しにさらされた。

配下たちが階の下に駆け寄った。

「国主はいずこです、若！」

「ご無事か、若」

「国主は⁉」

口々に問う配下にむかって、有間は笑みを浮かべて答えた。

「伴屋人は死んだ」

そして静かに告げた。


「わたしが国主だ」


その場にいた配下たちが拳《こぶし》を突きあげて歓声をあげた。

暑く、砂埃《すなぼこり》が立ち、焼け焦げる材木の臭いと血なまぐささが入り混じり、けして美しい場所ではなかったが、有間の目を射る夏の光だけは眩《まぶ》しかった。

涼鳴《りょうめい》がさかりの夏、反封洲の内乱は終わり――。

新たな国主、伴有間が立った。

その知らせは海路を往《ゆ》き来《き》する商人たちの口から口に伝わり、央大地《ひさしだいち》を駆けぬけ、龍ノ原に届くのだった。

## 三

「誰だ、あなたは」

そう訊《き》いた日織《ひおり》の声は掠れた。

ふり返った男は、柔らかな顎《あご》の線や色白なところ、丸みのある大きな目が、亡《な》き妻月《つき》白《しろ》によく似ていたのだ。男女の差はあれど、似ていると思った。さらに笑った時に出る片えくぼが、その印象を強くした。

「渡利皇子《わたりのみこ》に連なる者で、夏井《なつい》と申します」

気負いなく名乗り礼をとり、顔をあげた。まじまじ見つめていると、彼はばつが悪そうに視線をそらす。

「申し訳ありません。ここで待つようにと空露《うつつゆ》殿に言われたもので。まさか皇尊が、こちらに直接おみえになるとは」

　これは何だろうかと、日織は混乱していた。

驚かれませんようにと空露が言ったのは、この男がいると承知していたからだ。いや、この男が言うことが本当であれば、ここに彼を通したのは空露だ。

悠花《はるはな》の居所に、なぜ他人を通したのか。

　しかも日織に男の存在を告げるだけの暇《いとま》はあったはずなのに、わざわざ驚かせようとするかのように、空露は何も言わなかったのだ。

　空露が何かの企てをしているのは確かだったが、不意打ちで月白に似た顔を見せられて動揺が大きく、咄嗟《とっさ》になにをすべきかわからなかった。ただ、

「……月白」

　と、思わず口に出していた。

「なんでございましょうか」

「月白……わたしの妻であった、月白という者を知っているか？」

「はい。わたしと同じく渡利皇子に連なる媛《ひめ》です。渡利皇子より分かれた血筋ですが、わたしは数えて五代ですので。御名は知っていても面識はございません。お亡くなりになったとは耳にしています。お気の毒なことだとは……しかし、それが」

「いや。あなたと月白が、……よく似ているので」

月白と血統を同じくする者と聞いて、最初の衝撃がようやく去る。同じ血筋であれば雰囲気が似て当然だろう。落ち着いてくると、ようやく当然の疑問が浮かぶ。

「それで夏井とやら。なぜここに？　空露にここで待てと言われたとは、なんのためだ？」

「文を頂きました、悠花皇女《ひめみこ》様より。それを龍稜《りゅうりょう》にお伝えしましたら、空露殿から迎えがあり、こちらに通されました」

「悠花!?　悠花と知り合いか!?　悠花は今、どこに」

思わず彼の前に腰を下ろし、急《せ》き込んで問う。夏井は首を横に振る。

「わたしは悠花様と面識はございません」

「面識のないあなたに、なぜ文が届く？　その文とやらは、どこの誰から届けられた？　いつ届けられた？　内容は？」

立て続けに問うと、夏井は面食らったようだったが、すぐに日織の必死さに応じるようにきまじめに頷く。

「悠花様が行方知れずなのは、耳にしております。わたしに届けられた文に、悠花様の居場所の手がかりがないかと。そういうことですね」

「そうだ。何か、手がかりが欲しい」

夏井は残念そうに首を横に振る。

「たいした手がかりは、ないかと。わたしに文を届けたのは、邸《やしき》近くの里長《りのおさ》で、今朝のことです。その者も昨夜、見慣れぬ品の良い老女に頼まれたそうですが」

（杣屋《そまや》だ！）

胸が弾んだ。

「里長の元に老女が訪れたのは昨夜なので、既に行方はわかりますまいが」

「良い。それだけでも、良い。その者は悠花の乳母《めのと》の杣屋に違いない。ということは、杣屋も悠花も無事でいるということだ」

ほっと息をつき板目に視線を落とした日織は、すぐにまた顔をあげた。

「そして。あなたに届けられた文には、なんと」

「それが」

「なんだ」

今度は夏井の方が目を伏せ、申し訳なさそうな声を出す。

「大変申し上げにくいのですが。悠花様は文で、わたしに皇尊の夫になれと」

「……え……」

と思わず声が漏れたのは、言葉の意味を呑《の》みこみきれなかったからだ。

「夫？」

「この文に、そう」

夏井は懐《ふところ》から取り出した文を日織に差し出す。それを受け取ると料紙からは、悠花の好む甘い香りがした。

（悠花だ）

急いで広げて目で追う。それは確かに夏井王《おおきみ》に宛《あ》てて書かれた文であった。

突然文を送った無礼をわびる言葉が、悠花の美しい手跡で綴《つづ》られ、その後に、ぶしつけではあるが、皇尊の夫になってはくれまいかとあった。

皇尊の妻であることを一旦《いったん》は納得した自分だが、どうにも窮屈に過ぎる。さらには不安も大きく、とても皇尊の側にいられる自信がない。しかし皇尊は夫がいないために、妻である悠花を手放したがらない。しかし悠花はもう、皇尊の側を離れたいと切に願っている。そこで悠花の代わりになる夫があれば、皇尊も悠花を手放すことを納得するのではないかと考えた。皇尊の一族であり、宮内官《くないのかん》として仕えるあなたならば、皇尊の夫として適任であろう。

どうか、皇尊の夫となって欲しい。そうしてくれるならば、悠花は妻としていちおうの責任を果たせ、身勝手のそしりは受けなくてすむだろう。

これは皇尊の妻である悠花からの願いだ、と。

（……悠花は……）

鋭く、胸に薄い傷を負ったような痛みが走る。

（そうか。悠花はわたしを見限った。迷惑だったのか。わたしの思いも、なにもかも。そして平気なんだな、悠花）

悠花の意図に衝撃をうけた。

（わたしが夫をもとうが……平気なんだ）

平気どころか、悠花は自身がそれを望んでこうして文をしたためているのだ。

（わたしだけだったんだ。悠花以外に触れられたくないとか、一緒にいたいと思っていたのは、わたしの方だけだ）

だから悠花は平気な顔をして、正しい選択は簡単だとか、そんなことを口にできていたのだ。

ああ、そうか――と。自分を笑うような気持ちになる。

「悠花に甘えすぎたのかも知れぬ、なにもかも。あの人に申し訳ないことを……」

ぽつりと、香りの良い料紙に滴が落ちる。驚いて、気づいた。自分の目から涙がこぼれているのだと。意識した途端に、ぽつぽつぽつと立て続けに滴が落ちて、思わず片手で顔を覆《おお》った。文を握ったもう一方の手が膝に落ちる。

「皇尊」

困惑した夏井の声に、なんでもないと応《こた》えようとしたが、唇が震えて言葉にならなかった。無理に声を出そうとすると、嗚咽《おえつ》になりそうだった。

（泣くな。わたし自身の弱さで失ったのだから、これで泣いたら、自らの弱さを自らで哀れむことになるのだ。無様な）

　奥歯を噛《か》む。

（泣くな）

　自分に命じても、命じても、涙が止まらない。そのことがまた情けないのだ。

「悠花様は皇尊を慈しんでおられますね、とても」

　夏井が不意にそんなことを言うので、日織は手にある文を握りしめ、声を振り絞った。

「違う。悠花は……わたしのことなど」

「少し前、わたしの邸に従氏《じゅうし》の護領衆《ごりょうしゅう》が訪ねて来ました。美しい護領衆でした。いや、あの方は護領衆の身なりで護領衆と名乗っていたが、おそらくそうではない。得体の知れない方でした」

　思わず顔をあげた。

（それは悠花だ）

　悠花は時に、護領衆の身なりをしてふらりと外へ出る。日織が即位してからそんなことはしていないと空露から聞いていたが――密《ひそ》かに、龍稜を出たことがあったのだろう。

「その方は、さる方に頼まれて、わたしに会いに来たと言いました。どことなく、わたしの人となりを探っている感がありました。さらにまた別の日に、別の、祇従《ぎじゅう》の護領衆が左宮《さのみや》にお見えになり、先に邸に来た従氏と名乗った人と同じように、わたしを探る様子でした。今日わかりましたが、左宮においでになった祇従は、空露殿でした。空露殿も、さる方に頼まれて左宮に来たと仰《おっしゃ》っていました」

　潤《うる》む視界の向こうで、夏井が喋っている。

「二人の護領衆を遣わしてわたしを探らせたのは、悠花様ではないかと思います。皇尊の夫になるべき者を選ぼうとして、慎重に調べていらしたのではないかと」

　そんなことを聞かされると、息苦しくなる。悠花は日織を見限る準備を、着々と進めていたのかと思うと、彼がいつから日織と離れたいと考えていたのか、と。それを知らずにいた自分が滑稽《こっけい》で――。

「それが……それが、なんだと言うのだ」

「悠花様は、皇尊の夫となれる者を、真剣に選んだのでしょう。悠花様にとって皇尊が、とても大切なお方だからです」

「いい加減なことを言うな。大切ならば、なぜ！　なぜわたしの側から離れたのだ」

「大切だからでしょう」

　確信に満ちた、そして叱責《しっせき》に似た語気だった。

「哀しまれる前に、お考えなさいませ。あなた様を気にかけていないなら、夫など選ばずに、ただ姿を消すだけで良いではありませんか？　あなた様の側を離れるのが心配だからこそ、その後を託せる者をと選んだ」

　夏井の言葉に打たれた。息を呑む日織に、彼は小さく頷く。

「手をかけているのは、気にかけているからです。悠花様は、あなた様のことを思っている」

（空露は悠花の考えを知っていた。夏井に会いに行ったのだから、知っていたはずだ。それなのになぜか悠花が消えた日に、空露は悠花を批難するような言葉を口にした。知っていて、悠花に協力しておきながら）

　わざと悠花を批難したのだ。

日織を哀しませるために——いや、違う。

日織に悠花を諦《あきら》めさせるためだ。

　それは悠花が消えることと、彼が夏井という人物を見つけ、その者を日織の夫にしようと画策しているのを知り、協力していなければできないこと。ということは、悠花が空露に計画を打ち明け、協力をあおいだのだ。

　自分は姿を消す。どうか、日織に自分を諦めさせて欲しい、と。そう空露に頼んだのだ。

　その目的は——日織に、皇尊として正しい決断をさせるため。日織の足もとを盤石にするために、夫をもたせて臣下と民たちを安心させる。悠花は言っていた。日織の抱える問題は多いが、悠花のことは簡単だと。

突然、深い後悔がこみあげた。

なぜ今までの悠花の優しさや態度を忘れ、一瞬でも、見限られたと思ってしまったのだろうか。悠花は優しいのだ。そして聡明《そうめい》であるばかりに――。

（わたしが弱々しいから。そのために、あなたは）

悠花は日織を慈しんでくれていた。それは間違いなく、疑いようもない。側にいれば幸せだと言ってくれたのは嘘ではない。

悠花の言葉も真心も、今までの全てに偽りはない。

悠花は哀しみ苦しみながら、決断したのだ。

（わたしが怯《おび》え迷い、ぐずぐずしていたから、こんなことになるんだ。悠花は、そんなわたしのために。わたしに最善を与えようと）

手が震え、握った拳が白くなる。

自分の情けなさに泣き崩れたいが、そんなことをして何になるのか。自分を信じて強くあって、龍ノ原や悠花を護《まも》りたいと思ったのであれば、泣き崩れるなど自分に許してはならない。

（悠花……悠花、悠花！）

探し出し、連れ戻し、ずっと側にいろと命じるのだと決めた。

その思いが強くなる。

（あなたがいくら、こんなことをしても、わたしはあなたを諦めない。あなたは間違っている。わたしにとっての最善は、これではない）

唇を噛む日織の前に、手巾《しゅきん》が差し出された。見れば夏井が微笑《ほほえ》んでいる。

「こちらが必要でしょう、皇尊」

受け取り、乱暴に目元を拭《ぬぐ》う。夏井は枢戸《くるるど》の方へ視線を向けた。暗闇《くらやみ》を見つめて言う。

「わたしは宮内官を務めておりますので、皇尊にお早く夫をと、皆さまが騒いでいるのは存知あげております。それを聞くにつけ、皇尊はもちろん一族上席の方々は、どうにもお気の毒なような気がしておりました。己の思いや情けなど関係なく、夫や妻を選ばなければなりません。それで納得するのが正しいと教え育てられただろう皆さまは、人を慈しむことなどできはせず、またなさりもしない――理解もしないのでは、と。けれど」

闇夜に向かって、彼は苦笑する。

「わたしの思い違いだったようです。こういう慈しみもあるのですね」

その横顔を見て、悠花が夏井を日織の夫に選んだ理由がわかる気がした。

死してなお日織が慈しみ続けている月白に似た顔。なおかつ、彼はとても穏やかで聡《さと》い気配がある。そしてなにより言葉や態度に飾り気がない。そよぐ枝葉のように嫌みがなかった。

「『古《こ》央記《おうき》』に書かれている、央大地の誕生の神話に、不可解を覚えたことはございませんか？　わたしは幼い頃『古央記』を読んで以来、それがずっと不可解でした」

なぜ夏井が神話など持ち出してきたのか真意を測りかね、沈黙して見つめていると、彼はゆっくりと日織に視線を戻す。

「万能の神たる巨龍は、つがいであった。しかし一方が死に、残された一方は哀しみに荒れ狂い続けた。それを眠らせ鎮《しず》められたのが治央尊《おさのひさしのみこと》です。しかし不可解です。真実万能の神であれば、死など超越できるでしょう。残された哀しみなど、容易に消し去れるでしょう」

　国造りの神話として記された『古央記』の矛盾や不可解を読み解く試みは、古来続けられていた。夏井が口にしたことも、世に博士と認められる者たちが議論を続けており、様々な説が唱えられている。

　例に一つ。「万能」と記されているが、それは死を除外した万能だった。巨龍は死のみは避けられぬ神であったのだ、と。

　あるいはまた例に一つ。死んだと記されているが、それは本当の死ではなく、つがいとの別離を表しており、生き物の死と同様の意味ではない、と。

そしてさらに例に一つ。巨龍はなにかの理由で死を望んだのだ、と。だからこそ死んだのだ、と。

　夏井は柔和な表情を崩さず、日織を見つめ続ける。

「わたしは、つがいの巨龍は必要であるから、一方が自ら望んでつがいと別れた、あるいは死んだのだと考えています。なんのために必要か？　つがいのためではないかと、わたしは思うのです。そう考えれば、残された巨龍が、自らの哀しみを万能の力で消そうとしなかったのも頷《うなず》けませんか？　哀しみを消すということは、相手の存在を消す、あるいは相手への思いを消すことになるのです。それをしたくなかったのは、相手を忘れたくなかった。相手への愛《いと》しさを忘れたくなかった。相手を慈しんでいたから、そしてまた自分も慈しまれていたからと、そう考えられませんか？」

　これは慰めの言葉なのだろうか。頭を撫《な》でるようなわかりやすい慰めではないが、彼が悠花の慈しみに敬意を抱いているのが伝わってくる。それが日織を、わずかに慰めてくれる。これほどの慈しみを与えられたのなら、ただ哀しむだけはよしなさい、と。

（この男ならばと……、あなたは）

顔貌《かおかたち》よりも、夏井はその佇まいが美しく見えた。彼のまとう雰囲気は、緩やかな日の光のようだ。

（この男は、悠花の選んだ楔《くさび》だ）

悠花が日織を思いやっているからこそ選んだ二人を繋《つな》ぐ絆《きずな》の証《あかし》であり、同時に、二人を引き裂くための存在。

　どんな気持ちで悠花は夏井を選んだのだろうか。悠花が、日織が悠花を必要とするのと同じように、日織を必要としてくれているとしたら、彼を選び出すのがどれほど苦しかったか。

　良い男だと思えばそれに安堵し、同時に不安と寂しさとを感じたかもしれない。

「でも、わたしは地龍《ちりゅう》のように眠るつもりはない。眠ってはならない」

　震える声で言うと、夏井は笑みを深くした。

「そうですね」

「だから連れ戻す。悠花を。あなたには申し訳ないが。わたしは、悠花の思惑にはのってやれないのだ。神話の巨龍のように眠ることなどしない。わたしは、哀しむばかりではなく——取り戻す。わたしは神話の龍ではないから」

「神話の龍ではない。しかし皇尊であらせられます」

　静かに、しかし明瞭《めいりょう》に夏井は応じた。

「そうだ。皇尊なのだ。だからこそ」

　挑むように夏井を見ると、彼は日織の言葉を肯定するように頷く。

　そのとき、正殿《せいでん》の方がにわかに騒がしくなった。

采女《うねめ》が騒ぎ、さらには空露の「お待ちくださいませ」という、彼には珍しく慌《あわ》てた人を制止する声。

それらの騒ぎの声を振り切るかのように、回廊を駆けてくる高い足音がした。

「皇尊！　どちらにおられますか」

小勢乙名《こせのおとな》だった。日暮れて大桜宮に戻った皇尊に、重臣が会いに来ることはない。どれほど早く返答の欲しい事態があろうとも、宮に戻って休んでいる皇尊をたたき起こすような真似《まね》は考えられないのだ。じりじりと翌朝を待つのが常である。

しかし乙名が来ている。采女や空露の制止を振り切り、日織の姿を探して声を張っている。

「皇尊。どちらにおわしますか」

元来、冷静な男だ。これほど彼が切羽詰まった様子であるとは、ただ事ではない。

日織は立ちあがり、簀子《すのこ》縁《えん》へ出た。

月が明るい夜だった。簀子縁の板日に欄干の影がくっきり落ち、軒に触れるほどに伸びた桜の枝が、青白く輝いていた。

「ここにいるぞ、乙名。西殿《にしどの》だ」

その声に応じるように足音が近づき、回廊に乙名の姿が現れる。彼を制止しようとしているのか、采女三人と空露が、背後から追って来ていた。

簀子縁に日織の姿を認め、乙名は回廊から前庭に降りると西殿正面に立った。よほど急いできたのか、彼は肩で大きく息をしている。

「皇尊」

と、呼ぶ。目に強い怒りが見えた。采女と空露も前庭に降り、乙名の背後に迫る。

「左《さ》の大臣《おとど》。取り次ぎなさいませ」

「無礼でございます。まず、お取り次ぎを」

と口々に申し立てているが、乙名はそれにふり返って固い声を発した。

「うるそうございますぞ。黙って頂こう」

静かで重い迫力に、采女も、空露までもが足を止めた。

乙名は迷わず階《きざはし》に近づく。

何事かと日織に遅れて枢戸から出てきた夏井は、異様な雰囲気を察したのか、その場にいる者たちを見回した後に枢戸脇《わき》に控えた。

乙名は夏井に気づいたらしく、そちらにちらりと視線を向けたが、構っていられないとばかりに階の下へ来た。

「どうした、乙名」

礼もそこそこに顔をあげた乙名が、手にある文を憤然と差し出し、奥歯を噛みしめる。

「このような書札が、吾《われ》ら宛てに届けられました」

常に石のようなはずの乙名の顔に、怒気が漲《みなぎ》っていた。

「書札？　誰から」

「不《ふ》津王《つのおおきみ》です」

血の気が引く。

「不津が、なんと」

「吾ら重臣に対し、今ある皇尊に譲位願い奉《たてまつ》り、不津王を新たな皇尊となるべき者として迎え入れよと命ずる、と。もしそれが叶《かな》わぬ場合は、附孝洲《ふのこうしゅう》国主の助力を仰ぎ、吾らにできぬことを不津王自らの手で成し遂げよう、と。さらに」

今一歩踏み出し、差し出している文をさらに突き出す。

「これを皇尊にと」

階を駆けおり、文を受け取り開くと、そこには短い一文のみがあった。


正しき皇尊となるべき不津王が、過誤の皇尊に告ぐ。譲位せよ。

日織の指先が微《かす》かに震え出す。

（なんという……侮り！）

腹の底で焼けるような怒りを覚えた。

龍の友となり縁《えにし》を成したのは日織だ。その事実も目にせず、何を言うのか。御位《みくらい》に即《つ》いても日織は、愛しい人とともにいることさえ困難で、未《いま》だに惑い苦しみ、様々なことを悔やみ嘆いているのに。

大切な人を失い、命をかけ、苦しみながらも日織はこの場所に立っているのだ。

不津は、どうなのか。

吾が子でも目障《めざわ》りな者は捨て、日織の支配をうける屈辱を嫌い他国に逃げ、今も苦悩も苦痛もなく。ただ憤懣《ふんまん》を抱えて、遠い地でのうのうと暮らしながら御位を求め、日織を侮辱するその図々《ずうずう》しさ。

その、人としての在り方が、日織を侮辱するに値する在り方なのか。

「なぜこのようなことを、わたしに言える。これは八虐《ぎゃく》の中で最も重い罪、謀《む》反《へん》を、自ら犯すと宣言しているようなものではないか」

「勝手な解釈をなさっておられるのです。己が正しき皇尊となるべきなのだから、今上《きんじょう》は真実の皇尊ではないのだ、と。だから謀反の罪ではないと」

乙名が吐き捨てる。

「愚かしい。自分の思考が事実であると誤認するほどに、考えが歪《ゆが》んでおられる。あのお方が、これほど歪んだ理論を振りかざすとは。なぜに」

　なぜに——。

　その言葉に、日織は不意に薄ら寒いものを覚える。なにが不津をそうさせているのかと思った時、脳裏によぎった言葉があったのだ。

　鬼、と。

　八洲《はっしゅう》には、鬼という考えがあると乙名は言っていた。暗い思いにとらわれて死した者が、目に見えない邪悪なものになり、人に取り憑《つ》き禍《わざわい》を成すと。

　遠音《とおね》の歪んだ口元と底光りする瞳《ひとみ》を思い出す。あれが鬼に取り憑かれた様子なのだろうか。あれは、遠音が本来の彼女と別ものになったのではなく、己の中にある思いや欲が増幅し、剝《む》き出《だ》しになったように見えた。

　それが鬼に憑かれるということなのだろうか。

　ことによると龍ノ原を去った不津にもまた、鬼が取り憑いたのかもしれない。

　鬼に取り憑かれ、己の中にあるものが肥大化し、その号令で不津は動き出したのか。

　不津のみならず、八洲のあまたの鬼たちは、彼らを科人として追放したと神話に語られる龍ノ原を恨み、同時に憧《あこが》れ、さらには食い荒らしたいうまみを見つけ、ざわざわと騒ぐのだろうか。

　そんな想像をすると、心底恐ろしかった。

しかし。

「御位は譲らぬ、譲れぬ」

料紙をゆっくりと、涙で湿った指で二つに引き裂く。

「わたしが皇尊なのだから」

迷いなく、はっきりと口に出した。

自分が御位にふさわしい皇尊であると、胸を張って言っているわけではない。己の情けなさ、力のなさ、無様さは痛いほどわかっていたが、それでも皇尊の御位にあるのだけは間違いない。だから皇尊であると、ぶれることなく口にして、己を勇気づけ、わずかでも皇尊たるにふさわしくなれるように、考え、ふるまうしかない。

そうして強くあらねば、悠花は取り戻せない。そして自らの命すら危うくなる。

自らを強くあれと、念じるのだ。

そして信じるのだ――自らは、神に許された皇尊だ。

（不津を退ける。そして――あなたも取り戻す、悠花）

細かく千切った文を、吹きつけてきた夜風に散らす。紙片は風にあおられ、さらわれ、青白い月光に照らされ崖下《がいか》へと流れる。それらは白く宙に舞い落ちた。

強い風が吹く。

桜の葉が激しく揺れ、その場に満ちる月明かりが乱れた。

青い月の表を、銀色《しろがねいろ》の一筋が震えるようにうねり横切る。

## 【参考文献】

『戦争の日本史3　蝦夷と東北戦争』／鈴木拓也著／吉川弘文館
『天平の律令官人とくらし』／出川広著／桜山社
『日本服飾史　女性編　風俗博物館所蔵』／井筒雅風著／光村推古書院
『日本服飾史　男性編　風俗博物館所蔵』／井筒雅風著／光村推古書院
『図解日本の装束』／池上良太著、新紀元社編集部編／新紀元社
『日本の服装　上』／歴世服装美術研究会編／吉川弘文館
『ビギナーズ・クラシックス　日本の古典　万葉集』／角川書店編／角川ソフィア文庫
『図説日本文化の歴史3　奈良』／黛弘道著／小学館
『古代史復元9　古代の都と村』／金子裕之著／講談社
『全集　日本の歴史3　飛鳥・奈良時代　律令国家と万葉びと』／鐘江宏之著／小学館
『古代の女性官僚　女官の出世・結婚・引退』／伊集院葉子著／吉川弘文館
『飛鳥むかしむかし　国づくり編』／奈良文化財研究所編、早川和子絵／朝日新聞出版
※奈良県立万葉文化館の展示および、同館が毎月発行されている「よろずは」も参考にしています。

本書は新潮文庫のために書き下ろされた。

三川みり著
龍ノ国幻想1
**神欺く皇子**

皇位を目指す皇子は、実は女！　一方、その身を偽り生き抜く者たち――命懸けの「嘘」で建国に挑む、男女逆転宮廷ファンタジー。

三川みり著
龍ノ国幻想2
**天翔る縁**

皇尊即位。新しい御代を告げる宣儀で、龍を呼ぶ笛が鳴らない――「嘘」で皇位を手にした罰なのか。男女逆転宮廷絵巻第二幕！

三川みり著
龍ノ国幻想3
**百鬼の号令**

反封洲《たんのほうしゅう》の伴有間《とものありま》は、地の底に落とされて生き抜いた過去を持つ。闇に耐えた命だからこそ国の頂を目指す。壮絶なる国盗り劇、開幕！

小野不由美著
**月の影　影の海**（上・下）
―十二国記―

平凡な女子高生の日々は、見知らぬ異界へと連れ去られ一変した。苦難の旅を経て「生」への信念が迸る、シリーズ本編の幕開け。

小野不由美著
**屍鬼**（一〜五）

「村は死によって包囲されている」。一人、また一人、相次ぐ葬送。殺人か、疫病か、それとも……。超弩級の恐怖が音もなく忍び寄る。

小野不由美著
**東京異聞**

人魂売りに首遣い、さらには闇御前に火炎魔人、魑魅魍魎が跋扈する帝都・東京。夜闇で起こる奇怪な事件を妖しく描く伝奇ミステリ。

イラスト　千景
デザイン　川谷康久（川谷デザイン）

龍ノ国幻想4

# 炎《も》ゆ花《はな》の楔《くさび》

新潮文庫　み-60-14

令和四年十二月一日発行

著者　三《み》川《かわ》みり
発行者　佐藤隆信
発行所　株式会社 新潮社

郵便番号　一六二―八七一一
東京都新宿区矢来町七一
電話　編集部（〇三）三二六六―五四四〇
読者係（〇三）三二六六―五一一一
https://www.shinchosha.co.jp

価格はカバーに表示してあります。

乱丁・落丁本は、ご面倒ですが小社読者係宛ご送付ください。送料小社負担にてお取替えいたします。

印刷・錦明印刷株式会社　製本・錦明印刷株式会社


ISBN978-4-10-180255-8 C0193